AF201818

© 2016 Horst-Dieter Nölter

Verlag: tredition GmbH, Hamburg

ISBN Taschenbuch:978-3-7345-5407-0
ISBN Hardcover: 978-3-7345-5408-7
ISBN e-Book: 978-3-7345-5409-4

Bibliografische Information der Deutschen Nationalbibliothek: Die Deutsche Nationalbibliothek verzeichnet diese Publikation in der Deutschen Nationalbibliografie; detaillierte bibliografische Daten sind im Internet über http://dnb.d-nb.de abrufbar.

Theo und das Weltallwunder

Horst-Dieter Nölter, geb. am 05.08.1944 in Wismar,
Hochschulabschluss, Diplom Ingenieur, jetzt Rentner.
Er hat, nach Auflösung seines Planungsbüros, mit 70
Jahren als Autor begonnen. Keine kreative Aufgabe
zu haben, oder Dinge zu tun, die das Selbstwertgefühl
nicht in Waage hält, ist für ihn nicht vorstellbar.
Tägliche, mehrere Kilometer lange, Wanderungen
und gymnastische Übungen sollen Körper und Geist
in Schwung halten.

Bisherige Bücher:

- Die Erinnerungen meines bisherigen Lebens
- Liebesbeziehungen im Wechselbad der Gefühle
- Unschuldig zum Mörder und eine unglaubliche Odyssee

Neue Antriebssysteme befähigen den Astronauten Theo, bis hinter die Milchstraße zu fliegen. Unerforschte und unentdeckte Himmelskörper erschließen sich ihm dort. Das Landen auf bewohnten Planeten sorgt für ungewöhnliche Spannungsmomente. Flüge in die Vergangenheit und Zukunft sind in ihrer Emotionalität kaum zu überbieten.

Theo und das Weltallwunder

I. Teil: Reise durch die Galaxien

1.Kapitel: Aufbruch ins Weltall

Theo erwachte erleichtert. Endlich hatte er seinen wirren Traum hinter sich gelassen. Die Realität holte ihn schnell wieder ein. In einem kleinen, aber mit allen technischen Höchstansprüchen ausgerüsteten Raumschiff sollte er einen schier unwirklichen Auftrag für die Menschheit erledigen.

Wurmlöcher, Schwarze Löcher, ein Vokabular, das sich beliebig fortsetzen ließe: Theo hatte alles studiert und war der Theorie schon durch andere Flüge, zum Beispiel zum Mars, weit voraus. War er damals noch mit einer hundertzwanzig Meter hohen Rakete gestartet, hatte man heute weitaus effizientere Antriebe. Die jetzige Herausforderung überstieg jedoch auch alles Bisherige. Die Verabschiedung von seiner Frau, seiner ganzen Familie und seinen Mitstreitern war nicht nur sehr emotional, sondern auch für immer. Selbst bei normalem Flugablauf mit geglückter Rückkehr würde er aufgrund der Zeitverschiebung nur mit nachkommenden Generationen zusammentreffen.

Theo hatte viel Zeit. Er war für viele Jahre mit dem Nötigsten versorgt, weswegen er sich vornahm, bisher nicht erfasste Himmelskörper näher zu untersuchen. Sein Raumschiff konnte auch Flugkorrekturen sowie Lande- und Startmanöver einfach bewältigen. Mögliche Kollisionen mit Kometen oder ähnlichem hatte Theo längst aus seinem Gedächtnis gestrichen. Es nützte ja auch nichts, denn alles wäre sofort vorbei. Die Weltraumbehörde, die seine Rückkehr nicht erwartete, übergab ihm ein Medikament für Langlebigkeit. Auf Basis der Stammzellenerneuerung, die nur geheim im Labor getestet worden war, war eine Lebenserwartung von etwa eintausend Jahren möglich. Mit diesem Wissen fühlte sich Theo schon wie ein Außerirdischer. Seine Kost konnte auch dadurch stark reduziert werden. Sämereien für kleine Versuche im Raumschiff, aber auch für mögliche Bedingungen auf einem Planeten sollten die spätere Ernährung absichern.

Mittlerweile vier Jahre im Einsatz blickte Theo auf die Milchstraße, deren Abstände zwischen den Sternen zugenommen hatten. Zum besseren Verständnis sei hier gesagt, dass die Milchstraße - oder Galaxie -, zu der auch unser Sonnensystem gehört, eine Ansammlung von Milliarden von Sternen ist. Sie hat einen Durchmesser von etwa 100.000 Lichtjahren und eine Dicke von ungefähr 310.000 - 16.000 Lichtjahren. Sie gehört zur Gruppe der Spiralgalaxien. Man schätzt, dass alleine unsere Milchstraße etwa hundert Milliarden Sterne enthält, mit einem sehr massereichen Kern, von dem spiralförmig Arme wegführen. Unsere Sonne befindet sich in den Außenzonen eines dieser Arme. Sie ist etwa 30.000 Lichtjahre vom Kern entfernt.

In den letzten Jahren konnten Wissenschaftler durch mehrere Proben von Kometen feststellen, dass diese aus bis zu fünfzig Prozent Wasser bestehen. Vielleicht kommen unsere Ozeane und Meere daher. Die Wissenschaftler gehen auch davon aus, dass es deswegen mehr Planeten wie unsere Erde geben könnte und außerirdisches Leben höchst wahrscheinlich ist.

Auf dem Monitor bemerkte Theo einen sich schnell nähernden Kometen. Seine automatischen Messdaten übermittelten ihm die Größe von etwa dreitausendfünfhundert Meter Länge und neunhundertsechzig Meter Breite. Das Steuerungssystem seines Raumschiffes versuchte jegliche Berührung zu vermeiden. Theo sah den Kometen nur ein paar Sekunden. Die 300.000 Kilometer pro Sekunde waren im Weltraum nicht sehr viel. Viele Lichtjahre hat er bis zum Erreichen der Milchstraße noch vor sich. Trotzdem wurden die Sterne der Milchstraße immer deutlicher und auch strahlender Staub, als Reflexions- und Emissionsnebel, Wolkengebilde aus Gas und Staub, leuchtete faszinierend. Dann fielen ihm die eingelagerten dunklen Wolken in der Milchstraße in den Blick. Sie traten nur durch den Kontrast zur sternenreichen und milchig aufgehellten Umgebung in sein Blickfeld.

Für Theo wurde jeder Tag spannender. Er war der erste Mensch in diesen Weiten des Alls. Der Anblick tausender Sterne, mal hellere und dunklere, rot leuchtende oder blaue war faszinierend. Manche Sterne hatten ein gigantisches Ausmaß, andere erschienen dagegen wie Zwerge. Einige standen so dicht zusammen, dass man denken konnte, es seien Doppel- oder Mehrfachsterne. Der dritte Deichselstern im großen Wagen zum Beispiel. Theo weiß, dass bereits zweihundertneunzig Millionen Sterne kartiert sind, aber von einhundert Milliarden Sternen in der Milchstraße ausgegangen wird. Es ist Teil seiner Aufgabe, diese Dunkelziffer zu verringern. Sicher ist das nur eingeschränkt möglich.

Weitere drei Jahre vergingen und Theo entdeckte mehrere Planeten und Monde auf seinen Monitoren. Er steuerte das Raumschiff in die Nähe eines Himmelkörpers. Dort bemerkte er eine vereiste Landschaft, die auf Wasser hinwies. Seine Vermessung ergab die Größe einer halben Erde. Theo machte mehrere Aufnahmen und markierte den Stern mit einem Cot. Er glaubte eine Reihe von kleinen unentdeckten Planeten und Monden zu sehen. So schoss er weitere Aufnahmen, um seine Vermutung zu beweisen. Anschließend richtete er die Kamera auf das Zentrum der Milchstraße. Sein Augenmerk galt den vermuteten Schwarzen Löchern. Wie Theo wusste, sind sie die merkwürdigsten Objekte im Universum. Sie haben keine Oberfläche wie die sich zu nah heran wagen und in ein Schwarzes Loch gezogen – die Sterne, sondern ein Gebiet, in dem die Materie in sich selbst zusammengefallen ist. Das bewirkt, dass sich eine enorme Masse auf einen unglaublich winzigen Raum konzentriert. Die Anziehungskraft dieses Gebiets ist so stark, dass ihr nichts entrinnen kann – noch nicht einmal das Licht. Man kann die Schwarzen Löcher zwar nicht sehen, aber der Strudel von Nebel, Sternen und weiteren Materialien, der um sie herumwirbelt, liefert den Beweis für ihre Existenz. In der Mitte der Milchstraße befinden sich supermassereiche Schwarze Löcher. Diese können die millionen- oder milliardenfache Masse der Sonne aufweisen. Objekte, die in ein Schwarzes Loch fallen, werden buchstäblich bis zum Zerbersten gedehnt. Würde Theo sich zu nah heran wagen und in ein Schwarzes Loch gezogen – die unglaublich starke Schwerkraft würde ihn einfach auseinanderreißen.

Deswegen musste Theo das Raumschiff rechtzeitig aus dieser Gefahrenzone steuern. Da jetzt immer mehr Planeten und Monde auftauchten, versuchte er eine Konstellation zu erkennen, die etwa den Gegebenheiten der Erde entsprach, eine Sonne mit umlaufenden Planeten und stabilisierenden Monden.

Inzwischen ist Theo acht Jahre unterwegs. Auf der Erde sind inzwischen vierundzwanzig Jahre vergangen und in der Raumfahrt hat sich dort viel verändert. Für die Aufnahme von Funksignalen aus dem All sind Parabolantennen von dreihundert Metern Durchmesser mit einer Abstrahlleistung von einhundertfünfzig Gigawatt erstellt worden. Gleichzeitig sind auch Signale mit gleicher Leistung für Sendungen ins All mit einer Entfernung von bis zu fünfzig Lichtjahren möglich. Ein Astronauten-Team hat sich seit einem Jahr auf dem Mars einquartiert. Von speziellen Containerstationen aus erforschen sie den Planeten. In Kürze ist ihr Rückflug zur Erde geplant.

Theo vernahm erste Signale von der Erde. Er änderte die Frequenzen, bis er etwas Verständliches vernahm. Aufgeregt sprach er einige Sätze und wiederholte sie aus Sicherheitsgründen noch einmal mit Morsezeichen. Aus dieser Entfernung hatte er noch niemals Signale empfangen. Es wird, wenn überhaupt, lange Zeit dauern, bis seine Nachricht von der Erde aufgenommen wird. Mögliche Außerirdische leben wahrscheinlich so weit entfernt, dass die Laufzeiten der Funksignale zu lang für unsere Daseinsspanne sind. Wir Menschen sind die Eintagsfliegen im Kosmos. Theo dagegen eine Zehntagefliege.

Gesundheitlich geht es Theo gut. Seine Stammzellen-erneuerung mit dem Ziel eines langen Lebens ist sicherlich eine Voraussetzung dafür. So hat er weitere vier Jahre, allerdings mit reichlich Ablenkung, gut überstanden. Ein Sonnensystem wie unseres hat er bisher nicht antreffen können. Viele Aufnahmen sollen später der Menschheit einen besseren Eindruck von der Milchstraße vermitteln.

2. Kapitel: Kleine, grüne Männchen

Um nicht im Nebel zu versinken, schlug er eine neue Richtung ein. Eine lichte Stelle im Nebelwald sollte ihn in den Bereich bringen, der nicht von der Erde aus sichtbar war. Nach einem weiteren Lichtjahr wurde er in der Ferne auf eine gut erkennbare Sonne mit kreisenden Planeten und auch Monden aufmerksam. Sein Treibstoff war noch ausreichend vorhanden. Aus welchen Gründen auch immer ist der Verbrauch hier viel niedriger. Theo hatte nun endlich ein Ziel vor Augen. Das motivierte ihn und auch die Neugierde wuchs. Aber er brauchte noch einmal drei Jahre, um in Nähe dieses Ziels zu kommen.

Er steuerte den nächstgelegenen Planeten an. Bei dem, was er dort sah, traute er seinen Augen nicht. Im ersten Moment glaubte er, einen Rundflug zur Erde gemacht zu haben. Land und Wasser, weit und breit, hoben sich als Konturen ab. Er machte eine Messung und stellte die doppelte Größe der Erde fest. Ihm war klar, dass hier auch eine höhere Anziehungskraft herrschen musste, aber eine mögliche Landung musste auch noch von anderen Faktoren abhängig gemacht werden. Glücklicherweise hatte das Raumschiff eine vollautomatische Landungsausrüstung. Das bedeutet, dass aufgrund aller Messdaten die Funktionsteile des Raumschiffes aktiviert wurden und es automatsch auf den Planeten steuerte. Dazu gehört der Eintritt in die Umlaufbahn, der Beginn des Eintritts in die Atmosphäre, maximale Erhitzung, Anflug, Endanflug, Lande- und Bremsklappen, und schließlich das Aufsetzen auf der Oberfläche. Auch die Wetterbedingungen wurden schon vierzig Minuten vor dem Aufsetzen eindeutig vorausberechnet. Wolkenuntergrenze 3000 Meter, Sicht sechzehn Kilometer, Wind sechsunddreißig Kilometer pro Stunde. Der ganze Prozess dauerte neunzig Minuten. Die Geräte hatten auch einen festen, ebenen Platz für die Landung ausgesucht, auf dem das aufrechtstehende Raumschiff sicher aufsetzen konnte. Nach Prüfung des Sauerstoffgehalts und Sichtung einiger Kriechtiere, ähnlich unserer Käfer, nur viel größer, wagte er durch den Schleusengang einen kurzen Atemzug. Da er das Gefühl hatte, normal atmen zu können, stieg er aus – vorsichthalber allerdings mit einer Sauerstoffmaske in der Hand. Die Temperatur bei Sonnenschein betrug vierzig Grad Celsius. Er ging ein paar schwerfällige Schritte hinaus und dann wieder zurück ins Raumschiff, um sich seines Raumanzuges zu entledigen. Danach funkte er seine Sensation zur Erde. Das Inspizieren der Umgebung wollte er noch ein wenig zurückstellen. Vielleicht würden ja noch andere Lebewesen hervorkommen, die sich von einem sicheren Ort aus besser beobachten ließen. Als nutzte er die Zeit und stellte sich ein Gefährt zusammen: Ein kleines Geländeauto mit sicherer Verkleidung, für eventuelle Angriffe ausgelegt. Sein Antrieb funktionierte ähnlich wie der des Raumschiffes, nur gedrosselt auf maximal dreihundert Kilometer pro Stunde, außerdem hatte es eine fast unermessliche Reichweite. Die Räder, die Karosserie und alle mechanischen Teile waren aus besonders robustem Material, einer speziellen Aluminiumlegierung, gefertigt. Die Räder konnten einzeln hydraulisch bis zu drei Metern Höhe ausgefahren werden, zudem waren sie in alle Richtungen drehbar, sodass auch chwieriges Gelände passierbar war. Da keine neuen Lebewesen in Sicht waren, fuhr er das Gefährt aus einem gesonderten Schleusengang nach draußen. Jetzt ohne Helm und Raumanzug machte er einige Probeschritte im unmittelbaren Bereich der Station. Die Anziehungskraft war enorm. Sprünge waren kaum möglich, dafür eine gute Standfestigkeit. Ein längerer Fußweg war so gut wie ausgeschlossen, an schnelles Laufen gar nicht zu denken. Er sah sich die Umgebung genauer an und stellte eine weitestgehend ebene Fläche fest. Einige blattlose Bäume, im Hinterland in einen Wald übergehend, waren die einzige Abwechslung.

Theo setzte sich ins Auto und erkundete mit mäßigem Tempo die Umgebung. Am Waldrand angekommen sah er in eine geisterhafte Baumlandschaft. Bizarre Gebilde mit gruseligem Erscheinungsbild. Die Entdeckung von verwelkten, eingerollten Blättern ließ eine Art Herbst, wie auf der Erde, vermuten, doch die Temperatur passte ganz und gar nicht dazu. Was Tiere anging, waren außer den bereits gesehenen Käfern keine anderen Lebewesen hervorgekommen. Er griff sich einen Käfer und glaubte einen Bleiklumpen aufgehoben zu haben. Glücklicherweise hatte er den

Käfer am Hinterleib gefasst, denn nach seinen Bemühungen zu urteilen, hätte er ihn gebissen. Ein Maul, in dem sich kleine Zähne mit Wiederhaken zeigten, deutete auf die Gefahr ernsthafter Verwundungen hin, immerhin hatten diese Käfer etwa die Größe unserer Kröten oder Ratten. Theo ließ den Käfer wieder auf den Boden plumpsen und machte sich auf den Rückweg zu seiner Station. Er holte einen Spaten und nahm eine Bodenprobe zur Untersuchung. Er stellte geeignete Nährstoffe für gärtnerische, auch landwirtschaftliche Nutzung fest. Ein intelligentes Bohrgerät prüfte die Tragfähigkeit für mögliche Bebauungen und in tieferen Regionen auch Wasservorkommen. Beides konnte positiv analysiert werden. Mittlereile war er zwanzig Stunden auf dem neuen Planeten und die Sonne schien unerbittlich.

Theo begab sich in seine klimatisierte Station und dachte über weitere Unternehmungen nach. Er musste auf jeden Fall eine Uhr, einen bestimmten Zeitraum, messen lassen. Wo aber anfangen? Er wartete auf einen bestimmten Zeitpunkt, vielleicht das Untergehen der Sonne. Dass sich der Sonnenstand ändert, hat er verfolgen können. Nach weiteren zwanzig Stunden verfiel Theo in tiefen, erschöpften Schlaf. Erst acht Stunden später erwachte er und sah eine fast untergegangene Sonne. Es war halbdunkel und der Gang nach draußen, ließ ihn gleich wieder zurückkehren. Es war bitter kalt, sein Außenthermometer zeigte minus zwanzig Grad an.

Nach sechsunddreißig Stunden wurde es wieder hell. Mit Sonnenaufgang stellte Theo seine Uhr und konnte jetzt einen vollen Tag messen lassen. Die Blätter auf dem Waldboden gaben ihm die Hoffnung einer Wetterbesserung entgegensehen zu können – wenn auch mit langer Wartezeit. Die Sonne wurde am neuen Tag durch ein Wolkenband in ihrer Intensivität gemindert. Fünfundzwanzig Grad war eine sehr angenehme Temperatur. Die Wolken und die Wasserflächen, die Theo vor dem Anflug aufgefallen waren, ließen auch andere Lebewesen vermuten. Theo nahm sich vor, eine größere Reise mit dem Auto zu unternehmen. Mit Proviant ausgerüstet verließ er seinen Stützpunkt. Dank des ebenen Geländes kam er gut voran. Nach etwa hundertzwanzig Kilometern sah er Wasser. Am Ufer angekommen, erstreckte sich vor ihm ein weites Meer. Einige in der Auflösung befindliche Eisschollen am Ufer deuteten noch auf die letzte kalte Nacht hin und ein schmaler Sandstreifen säumte den Uferbereich. Nach einer kleinen Stärkung setzte er seine Fahrt am Rand des Meeres fort. Die Messdaten seines Autos signalisierten ihm, dass er in weitem Bogen im Kreis fuhr – er musste auf einer großen Insel gelandet sein. Er kehrte um und nahm sich die andere Richtung vor. Auch hier wurden nach circa hundertfünfzig Kilometern die gleichen Messdaten geliefert. Bis auf den kahlen Wald und wenig niederes Gewächs, wirkte die Landschaft wie eine ebene Scheibe. Alles erschien trost- und leblos. Theo, etwas enttäuscht, nahm die Rückfahrt auf. Bis auf einige Käfer in Stützpunktnähe gab es keine weiteren Lebenszeichen. Am nächsten Tag wollte er in die andere Richtung vom Stützpunkt aus aufbrechen. Bis zum Abend vergingen wieder sechsunddreißig Stunden, also hatte hier ein voller Tag zweiundsiebzig Stunden. Für Theo war das noch sehr gewöhnungs-bedürftig. Zwischendurch, ob Tag oder Nacht, musste er also immer ein paar Stunden Schlaf einrichten. Bei lockerer Wolkendecke und dreißig Grad fuhr er am nächsten Tag in die vorgenommene Richtung. Keine fünfundzwanzig Kilometer zurückgelegt, bot sich seinen Blicken eine bergige Landschaft, mit steilen, herausragenden Felsen. In etwas langsamerer Fahrt erreichte er, nach weiteren achtzig Kilometern, das Vorland dieser gewaltigen Erhebungen. Mit seinem Feldstecher suchte er die Gegend ab und stieß auf hunderte ovale Gebilde, ähnlich der Anordnung eines Dorfes.

Jetzt schlug sein Herz höher. Aber auch der Wille, diese ungewöhnliche Entdeckung näher zu inspizieren, stieg in ihm auf. Die Gegend wurde steiniger und die Fahrt mit dem Auto erheblich langsamer. Plötzlich sah er unweit neben sich einen befestigten Weg. Wohnten hier etwa intelligente Lebewesen, womöglich sogar Menschen, dachte er bei sich. Er fuhr auf den Weg zu und blieb erst einmal stehen um abzuwarten. Zunächst tat sich nichts, doch als er wieder losfahren wollte, wurde seine Weiterfahrt wie aus heiterem Himmel von ungewöhnlichen Kreaturen gebremst. Grüne, kleine Männchen umringten das Auto und versuchten den neuen Gast näher zu betrachten. Theo hatte sein Auto verriegelt, machte aber durch die Scheiben ein freund-liches Gesicht und einige Gesten, um seine friedliche

Absicht zu signalisieren. Ob sie ihn verstanden wusste er nicht. Er glaubte aber, in ihren Gesichtern keinen Argwohn zu erkennen. Er öffnete ein wenig das linke Fenster und hielt seine Hand hinaus. Kein Männchen wagte diese zu berühren. Er winkte sie näher heran, doch keiner bewegte sich. Er versuchte sie mit Essbarem zu locken, auch das half nichts. Inzwischen hatte sich wohl das ganze Dorf eingefunden. Theo war von hunderten grünen Männchen umgeben. Zwar hätte er in alle Richtungen einfach losfahren können, aber die Folgen wären nicht absehbar gewesen und auch sein Gewissen verbot es ihm. Zudem hatte er einen Auftrag und musste auch unangenehme Situationen in Kauf nehmen. Vom Auto aus telegrafierte er zur Erde und setzte ein Foto der Männchen dazu. Ob das jemals die Erde erreichen würde, konnte er nur hoffen. Nachdem diese Aufgabe erledigt war, stieg er, komme was wolle, aus dem Auto. Die Männchen rückten respektvoll ein Stück zurück. Theos Erscheinung ragte wie ein Riese aus der Masse heraus. Die Männchen maßen höchstens einen halben Meter, konnten aber mit ihren teleskopartigen Augen in alle Richtungen gleichzeitig sehen. Auch hatte Theo bemerkt, als sie ihn umlagerten, dass sie sich, trotz der hohen Anziehungskraft, mit leichten, federnden Schritten bewegten. Sie waren, anders als er, für diesen Planeten geschaffen. Um das Vertrauen der Männchen zu gewinnen, setzte er sich auf den Boden. Langsam trat ein Männchen, vielleicht der Anführer, auf Theo zu. Mit seiner kleinen Hand berührte er Theos Kleidung und gab einige hohe Laute von sich. Jetzt traten alle Männchen näher an Theo heran. Er konnte keine Unterschiede des Aussehens der Männchen untereinander feststellen, auch Geschlechter waren nicht erkennbar. Eine Kommunikation war nicht möglich, Gesten waren ebenfalls nicht hilfreich. Das nächststehende Männchen machte plötzlich eine Handbewegung, die Theo zum Aufstehen auffordern könnte. Da er dem nicht sofort nachkam, setzte sich das Männchen hin und stand gleich wieder auf. Das verstand Theo und erhob sich. Alle Männchen schlugen jetzt den Weg zu ihrem Ort ein. Sie nahmen Theo in ihre Mitte, was wohl so viel wie mitkommen hieß. Da jetzt ein längerer Fußweg bevorstand, konnte Theo den kurzbeinigen Bewohnern kaum noch folgen. Er zeigte auf das zurückgelassene Auto und setzte sich erschöpft nieder. Einige Männchen unterhielten sich mit unterschiedlichen Tönen und zeigten dann in Richtung des Autos. Alle machten kehrt und gemeinsam erreichten sie das Gefährt. Theo setzte sich hinein und forderte ein Männchen auf, mit einzusteigen. Immer wieder versuchte er mit Handbewegungen zu zeigen, dass es Platz nehmen sollte. Nach einer Weile trauten sich gleich zwei Männchen, die auch ein Einzelplatz bequem aufnahm. Im Schritttempo der Männchen fuhr Theo mitten in deren Pulk zum Dorf. Er war gespannt, was ihn erwarten würde. Plötzlich fiel ihm ein, dass in einem der Fächer in seinem Gefährt lebensnotwendige Dinge aufbewahrt wurden: Neben einer Laserpistole, Energietabletten, praktikablem Werkzeug und Seilen befanden sich dort auch Schreibblock und Malstift. Damit könnte er zeichnerisch besser Erklärungen abgeben und die Verständigung deutlich einfacher machen. Endlich erreichten sie den Ort der hiesigen Bewohner und was er sah, ließ Theo erstaunen. Die ovalen Gebilde entpuppen sich als formschöne Halbkugeln mit Tür und Fenstern. Die Türen hatten oben einen halbrunden Abschluss. Alle Fenster sind rund. Von einer gewissen Intelligenz dieser Kreaturen ist auszugehen, dachte sich Theo. Ein Männchen öffnete die Tür und ließ ihn, auf den Knien, in den Wohnraum hineinschauen. Mittig lag eine leicht angehobene Platte, womöglich ein Tisch, und an einer Seite stand ein kleines Regal, mit undefinierbaren Utensilien bestückt. Der ganze Raum war mit Polsterung ausgelegt. Zwei der Männchen zeigten Theo die Aufenthaltsgewohnheiten in ihrer Behausung. Das Sitzen vor der Platte, sowie das Gehen und Liegen auf dem Fußboden. Weder Küche noch Toilette, oder sonst irgendwelche für Menschen gebräuchliche Dinge fand man hier. Tiefer in der Ortschaft fielen Theo zwei größere Behausungen auf, die sowohl höher als auch vom Umfang her größer waren. Er zeigte in diese Richtung und die Bewohner verstanden gleich, was er wollte. Gemeinsam, wie ein kleiner Demonstrationszug, schritten sie durch das Dorf. Am ersten größeren Haus erwartete Theo keine Behausung, sondern eine kleine Werkstatt. Das zweite, noch etwas größere, Rundhaus beherbergte Baumaterial aus Holz. Keiner der Bewohner arbeitete, alle schienen wegen Theo auf den Beinen zu sein. Damit war der Rundgang vorbei.

Auf einem weiträumigen Platz zogen alle Bewohner einen großen Ring um Theo. Er war sich sicher, jetzt war er an der Reihe sich zu öffnen. Er nahm seinen Schreibblock zur Hand, setzte sich hin und fing an zu zeichnen. Den Planeten als Kreis und in den Kreis eine kleine Stelle mit Punkten. Unweit davon malte er den Standort seiner Station. Auf einem zweiten Blatt stellte er das Raumschiff dar. Dann hielt er das erste Blatt hoch und zeigte auf die Punkte und gleichzeitig mit einer Handbewegung auf die Ortschaft. Seinen Standort auf der Zeichnung machte er, mit dem Finger auf sich zeigend, verständlich. Nach dem zweiten Blatt, wieder auf sich zeigend, glaubte er Ungläubig-keit bei ihnen zu verspüren. Emotionen waren bei diesen Kreaturen nicht ablesbar. Er nahm sich ein drittes Blatt vor und malte kleine Kreise, viele Sterne, eine angedeutete Milchstraße. Ein Kreis stellte den hiesigen Planeten dar. Den untersten Stern auf dem Blatt malte er auf dem nächsten Blatt als großen Kreis. Theo zeigte wieder auf sich. Er nahm wieder das dritte von ihrem Planeten zum Planeten Erde. Auf diesem Strich deutete er das Raumschiff an. Damit war er mit seinem Latein am Ende, er wollte zurück zu seinem

Auto gehen. Auf der Zeichnung verdeutlichte er seine Absicht. Ein Männchen ging auf Theo zu und nahm ihm die angebotenen Blätter ab. Der Weg zu seinem Auto wurde ihm nicht versperrt. Kaum saß er in seinem Gefährt, hatte er wieder zwei Insassen mehr. Ob es dieselben waren oder nicht, konnte er nicht sagen. Die Rückfahrt wurde nicht langweilig: Die unterschiedlichen Tonlagen bei der Unterhaltung seiner Gäste ließen Theo an Delfine und die verschiedenen Längen der Laute an das Morsealphabet auf der Erde denken. Denn auch einfache Töne lassen sich, durch Kombinationen, zu unermesslich vielen Deutungen auslegen. Gleich sollte Theo eine Kostprobe davon bekommen. Die Männchen schwangen die Arme von oben nach unten. Theo hielt darauf an und wartete ab. Er tat das Richtige. Die Beiden stiegen aus und zeigten auf einen Käfer. Während des Zeigens gaben sie vier Töne ab und demonstrierten damit, wie sie den Käfer nennen. Gleiches machten sie auf den entfernten Wald hinweisend mit sieben Tönen. Dann setzten sie sich wieder in den Wagen und schauten Theo erwartungsvoll an, zumindest verstand er das so. Theo nickte und zeigte auch auf einen Käfer, dessen Benennung er laut aussprach. Auch wiederholte er den Namen des Waldes. So hatte er schon die ersten beiden Wörter aus ihrer Sprache gelernt. Schon sah man in der Ferne das Raumschiff. Jetzt wieder mit flotterer Fahrt und verstummten Männchen, waren sie bald am Ziel. Nach Erreichen des Raumschiffes musste es den grünen Gästen riesig erscheinen. Theo nannte es mit Namen und schloss mit einem Code die Tür zur Schleuse auf. Die Männchen jedoch trauten sich nicht näher heran. Theo versuchte ein Männchen an die Hand zu nehmen, doch dieses zog sein Händchen schnell zurück. Wahrscheinlich glaubte es, er würde versuchen ihm die Freiheit zu nehmen, dachte sich Theo. Er winkte sie, von der geöffneten Tür aus, zu sich. Nur langsam folgten sie seiner Geste oder, was wahrscheinlicher ist, folgten sie ihrer Neugierde. Diese für sie nie gesehene und gewaltige Technik verstanden sie wohl nicht. Monitore, die den Himmel darstellen oder die Kamera, die die beiden filmte und auf einem anderen Monitor abbildete, das war für seine Gäste wohl ein besonderes Erlebnis. Sicherlich verstanden sie jetzt auch besser seine Zeichnungen.

Ihre Blicke auf sein kleines Gewächshaus veranlassten Theo zu einer kleinen Demonstration. Er öffnete die Abdeckung, zog eine Möhre heraus, wusch sie und biss hinein. Auch ein Stückchen Wurst aus dem Kühlschrank verspeiste er vor den Augen der Gäste. Er bot ihnen auch etwas an, doch das wehrten beide ab. Indem sie zum Ausgang zeigten, signalisierten Sie, das Raumschiff wieder verlassen zu wollen. Theo entsprach ihrer Bitte und als sie wieder draußen waren, sah er die Beiden vor dem Auto stehen. Theo öffnete es mit seiner Fernbedienung und ein Männchen kletterte hinein und nahm den Schreibblock mit Malstift in die kleinen Hände. Das andere Männchen schaute mit unterstützenden Tönen zu. Nach vollbrachtem Werk überreichten sie Theo ein Blatt. Er erkannte eine Baumwurzel, die wohl in Scheiben geschnitten wurde. Das schien wohl die Nahrung der Männchen zu sein. Als sie sahen dass er verstand, machten sie anschließend eine leichte Verbeugung und wollten zu Fuß den Heimweg antreten. Theo lief auf das Auto zu und bat sie einzusteigen. Nach leichtem Zögern stiegen sie zu. Nach einer Weile Fahrt wollte er einem sehr großen Käfer ausweichen, doch die Männchen baten mit hektischen Gesten zu halten. Der Käfer hatte die Größe etwa einer Katze. Die Männchen stiegen aus, liefen auf den Käfer zu und machten Anstalten, ihn auf den Rücken zu legen. Theo kam ihnen zur Hilfe und mit einer Hand war das für ihn ein leichtes Spiel. Der Käfer war jetzt, auch durch die Anziehungskraft, hilflos. Das wussten die Männchen und ließen ihn so liegen. Theo schaute sie verwundert an. Er fand es nicht gut ein Tier zu quälen. Ein Männchen fing wieder an zu zeichnen. Es zeichnete eine Art Kanüle mit verlängertem, dünnem Schlauch. Die hohle Nadel wurde in den Unterleib des Käfers eingestochen, mit dem Mund das Blut angesaugt und in einen Behälter laufen lassen. Theo verstand, dass dem Tier nur so viel Blut entnommen wird, dass das Leben des Käfers nicht gefährdet wird. Ähnlich wie auf der Erde eine Blutspende also. Jetzt wollte Theo noch die Nutzung des Blutes in Erfahrung bringen. Er deutete bei sich das Trinken an. Die Männchen taten gleiches, ergänzten aber mit Zeichen und weiterer Malerei, nur sehr selten den Trunk zu sich zu nehmen. Wieder Im Dorf angekommen wurde Theo langsam richtig müde. Fast sechsundzwanzig Stunden ununterbrochen auf den Beinen war auch für ihn zu viel. Die Männchen waren inzwischen ausgestiegen und verschwunden. Theo wartete, aber der Schlaf übermannte ihn.

Ohne dass er es merkte, stiegen die Männchen ins Auto, ausgerüstet mit dem Schlauch, den sie vorher gezeichnet hatten. Da sich Theo nicht rührte und sie wohl nicht verstanden, wieso er nicht mehr reagierte, machten sie sich zu Fuß auf. Als Theo dann erwachte und die Männchen noch immer nicht bei ihm saßen, stieg er aus dem Auto. Einige Bewohner zeigten in die Richtung, aus der er zuvor gekommen war. Theo verstand, dass sie ihm sagen wollten, dass seine beiden neuen Freunde schon ohne ihn aufgebrochen waren. Also machte er sich wieder auf, den Männchen hinterher zu fahren. An der Stelle, wo sie den Käfer gefunden hatten, saßen beide Männchen, als warteten sie auf jemanden. Der Käfer allerdings war nicht mehr zu sehen. Nach näherem Hinschauen bemerkte Theo erschrocken, dass einem Männchen ein Bein fehlte! Aber es schien dabei aber keine Schmerzen zu empfinden. Theo wollte sie rasch ins Auto bemühen, doch sie lehnten das ab. Ratlos wie er war, blieb er also mit den beiden dort sitzen. Dann kam er nicht mehr aus dem Stauen heraus: Kein Blut, dafür aber ein zusehends nachwachsendes Bein! Keine halbe Stunde und den Biss des Käfers hatten sie vergessen. Beide verbeugten sich wieder leicht und wollten zu Fuß den Heimweg antreten. Zuvor ging ein Männchen auf Theo zu und versuchte seine Augen mit der Hand zu schließen. Das klappte zwar nicht, aber Theo verstand, was sie fragen wollten. Er schloss für eine Minute seine Augen. Dann fand eine längere Erklärung mit Gesten, Zeichnungen und für sie unverständlichen Worten statt, aber er hatte die Vermutung, dass sie trotzdem nicht ganz verstanden, was er meinte. Wie sollte man ihnen Schlaf erklären, wenn diese Kreaturen offensichtlich keinen Schlaf zu kennen oder zu brauchen schienen? Eigentlich hatten diese Bewohner ein sorgloses Leben. Sie nutzten scheinbar kein Geld, brauchten keinen Arzt, keine Autos, auch sah er keine wirtschaftlichen Güter, keine Gastronomie: Keine dies, keine das, und so weiter und so fort. Wie vorteilhaft es sein kann nichts brauchen zu müssen, demonstrierten ihn diese Bewohner.

Viele Fragen waren für Theo noch offen. Mit vielen Gesten, Zeichnungen und teilweise neu erlernten Lauten, aus denen er langsam Wörter bilden konnte, hatte er teilweise noch etwas in Erfahrung bringen können. Die Männchen wissen nicht wie alt sie sind. Den Tod kennen sie nicht, auch Geschlechterunterschiede gibt es bei ihnen nicht. Die Anzahl der Bewohner dieses Ortes ist immer gleich. Ein Phänomen, mit dem sich Theo zufrieden geben muss. Eigentlich war jetzt seine Mission hier beendet und so wollte er sich bei den hiesigen Bewohnern verabschieden. Er schenkte ihnen noch einige Fotos von sich und dem Raumschiff, winkte allen noch mal zu und stieg ins Auto. Sein Nebensitz blieb diesmal leer, also hatten sie ihn verstanden. Er drehte seinen Wagen auf der Stelle und sah die gehobenen Arme, den Abschiedsgruß der grünen Männchen.

Wieder an seiner Basisstation angekommen, bereitete er alle Maßnahmen für den Abflug vor. So wurde das Auto nach dem Zerlegen wieder verstaut und alle Instrumente noch einmal überprüft. Ihm war bewusst, dass er noch weitere Forschungen auf diesem

Planeten vornehmen könnte, aber mit einem Rundflug um den Planeten könnten ebenso noch neue Erkenntnisse gesammelt werden. Außerdem warteten noch andere Himmelskörper auf ihn. Theo startete sein Raumschiff und brachte es ohne Schwierigkeiten in die Umlaufbahn. Vor allem interessierte ihn die dunklere Seite des Planeten. Da vor seinem Abheben noch die Sonne schien, aber kurz vor dem Teiluntergang stand, dürfte es momentan noch stockdunkel sein. Das war ein Irrtum, wie er gleich feststellte. 2 Monde reflektierten Sonnenlicht auf diese Halbkugel. Wolkenlos konnte man eine bergige Struktur erkennen. Nach der zweiten Umrundung schob sich die Sonne am Horizont vor. Es wurde deutlich heller und eine vereiste, mit Gletschern durchsetzte Landschaft, eröffnete sich jetzt. Theo ließ einige Bilder vom Monitor speichern. Da die Sonne im Horizontbereich bleibt, kann sie auf dieser Seite keine Wärme entfachen.

3. Kapitel: Lipakei

Theo steuerte den nächsten Planeten dieses Sonnen-
systems an. Acht Monate mit nahezu Lichtgeschwindigkeit benötigte Theo, um in Nähe der Umlaufbahn zu
kommen. Er umrundete den Planeten und sah weiter
nichts als eine Wüstenlandschaft. Kein Wasser, keine
Wolken, ein Planet, um ihn schnell wieder zu verlassen. So begab er sich in eine andere Richtung des
Universums, mittlerweile war er vierzehn Jahre
unterwegs. Seine Familie und Freunde waren vermutlich zum Teil gar nicht mehr am Leben. Auf der Erde
waren zu diesem Zeitpunkt etwa sechsundvierzig
Jahre vergangen. Aber auf Theo warteten neue
Herausforderungen. Er war auf der Suche nach einem
neuen Planeten. So flog er durch das Weltall, bis er auf
der linken Seite des Raumschiffs eine riesige Ansammlung von Sternen und mitten darin plötzlich eine dort
entstehende Supernova bemerkte. Das ist das kurzzei-
tige, helle Aufleuchten eines Sterns am Ende seiner
Lebenszeit durch eine Explosion, bei der der Stern
selbst vernichtet wird. Die Leuchtkraft des Sterns

nimmt dabei millionen- bis milliardenfach zu, er wird für kurze Zeit so hell wie eine ganze Galaxie. Theo wusste, dass daraus auch ein Schwarzes Loch entstehen konnte. Das war ein besonderes Erlebnis. Er war glücklich diese Explosion mit der automatischen Kamera festhalten zu können.

Zwei weitere Jahre war Theo unterwegs, bis er eine neue Sonne mit Planeten erkunden konnte. Er machte sich noch einmal mit den Voraussetzungen für ein Leben auf einem Planeten vertraut, denn dafür muss einiges gegeben sein. Und um sogar intelligente, menschenähnliche Lebewesen vorzufinden, muss noch viel mehr stimmen. Er las noch einmal nach, dass genügend Sterne in einer Galaxie vorhanden sein müssen, um die sich Planeten bilden konnten. Die Hälfte der Sterne fällt aber weg, weil es sich um Doppel- und Mehrfachsterne handelt. Es gibt dort kaum stabile Umlaufbahnen für Planeten und damit auch keine Lebensmöglichkeiten in solchen Systemen. Planetensysteme müssen sich um Sterne gebildet haben, die lange genug existieren, damit sich auf einem geeigneten Planeten, der im richtigen Abstand um den Stern rotiert, Leben entwickeln kann.

Der Planet muss einigermaßen sicher vor kosmischen Katastrophen, wie ständigen Bombardements von Meteoriten oder nahe Sterneruptionen von heißen, jungen Sternen, sein. Sein Mutterstern darf nicht zu nahe an Sternentstehungsgebieten liegen und sollte während seiner Umrundung des Milchstraßenzentrums solche Gebiete auch nicht durchkreuzen – und das sind nur die Bedingungen für die Lage eines Planeten!

Aus der rein biologischen Entwicklung sollte eine Zivilisation hervorgehen, die sich ihrer Bedingungen im Kosmos bewusst und in der Lage ist, Naturgesetze über den kurzfristigen Lebenserhalt hinaus in technologische Anwendungen umzusetzen. Sie sollte lange genug existieren, damit sie mit der kosmischen Umwelt Kontakt aufnehmen kann. Theo wusste das alles zwar schon, aber sich noch einmal zu vergewissern konnte nicht schaden. Er drosselte seine Geschwindigkeit und ließ die vor ihm liegende, aus seiner Sicht günstige Konstellation zweier Planeten, zwischen Sonne und Monden, auf sich wirken. Die Planeten zogen, wie unsere Erde, langsam ihre Bahnen. Kosmische Probleme, wie zuvor beschrieben, waren aus dieser

Entfernung nicht zu beobachten. Theo drosselte die Geschwindigkeit und kam nach kurzer Zeit auf die Umlaufbahn des ersten Planeten. Ein ideales Bild von der Oberfläche bot sich ihm. Grüne Landflächen, bergige Gebiete, auch Meere und Seen, luden förmlich zum Landen ein. Eine Vorabmessung stellte fest, dass der Planet fast der Erde entsprach. Zudem überprüfte Theo die Achsendrehung des Planeten mit Winkel zur Sonne. Auch hier konnte man sich Tage und Nächte mit ähnlichem Stundenverlauf vorstellen. Theo machte eine günstige Landeposition aus und leitete, wie beim ersten Planeten, die Landung ein. Noch vor dem Aufsetzen sah er eine menschenähnliche Ansammlung und eigenartige Fahrzeuge. Nach der Landung setzte sich diese Ansammlung langsam, noch mit gebührendem Abstand, in Richtung Raumschiff in Bewegung. Ein Blick in die Ferne präsentierte ihm eine architektonisch außergewöhnliche Siedlung. Seine Konzentration galt aber gleich wieder den jetzt gut erkennbaren, richtig menschlich aussehenden Bewohnern. Männer und Frauen. Die Kleidung bestand aus enganliegendem Material, lag an wie eine zweite Haut. Ihre Gesichtsausdrücke ließen große Erwartungshaltung erkennen. Aus Sicherheitsgründen zog er seinen Raumanzug an und öffnete den Schleusenausgang. Nach seinen Messdaten war der Sauerstoffgehalt erdgleich. Die Temperatur sechsundzwanzig Grad Celsius, am Himmel leichte Bewölkung. Er nahm vorsichtig seinen Helm ab und winkte den Bewohnern zu.

Diese Bewegung reichte aus, um, verursacht durch einen Strahl, ein Loch im Ärmel des Raumanzuges vorzufinden. Sofort zog er sich zurück und schloss sich wieder ein. Das könnte so was Ähnliches wie ein Laserstrahl gewesen sein, dachte Theo. Bevor er hier ein großes Risiko einging, funkte er seine erneute Sensation zur Erde. Auch ein Bild folgte, nur ob das jemals die Erde erreichen würde, ist fraglich. Dann holte er seine Laserpistole hervor. Er öffnete eine kleine Nebenluke, auch für Verteidigungszwecke vorgesehen, und zielte auf einen in der Nähe stehenden Baum. Ein Ast brach krachend herunter.

Alle schauten verwundert und konnten nicht erkennen woher das kam. Als Theo, ein weißes Tuch am Stock raushaltend schwang und damit seine Friedensbemü hungen kundtat, hoffte er damit Erfolg zu haben. Eine Frau, wie er jetzt sah, hielt ein Gerät in der Hand, mitdem sie auf das Raumschiff zielte. Sie hielt den Angriff scheinbar noch nicht für beendet. Was für eine Kraft in diesem kleinen Gerät steckte, kann schon Erstaunen auslösen. Ein Mann ging auf den Baum zu, hob den Ast an und sah sich die Bruchstelle genauer an. Danach ging er zu seinen Leuten und sprach mit ihnen. Scheinbar verstanden sie Theos Absicht: Die Frau verstaute das Gerät und auf einmal hoben die Bewohner ihre Arme und winkten Theo zu. Theo war sich trotzdem nicht sicher, könnte ja auch eine Finte sein. Aber er kratzte all seinen Mut zusammen und entledigte sich seines Anzugs - denn vielleicht war der ja auch der Auslöser gewesen - und trat nach draußen.

Sein neues Erscheinungsbild schien bei den Bewohnern gut anzukommen, denn sie schritten jetzt in offenbar freundlicher Absicht auf Theo zu. Die ihm zuvor misstrauende Frau war die Erste, die Theo mit Händedruck begrüßte. Viele andere folgten diesem Beispiel und einige zeigten gleich Interesse für das Raumschiff. Doch das, sein Heiligtum, konnte er nicht für diesen massenhaften Zulauf aufs Spiel setzten. Mit der Fernbedienung schloss er den Eingang und erklärte das mit seinen Worten. Er erzählte noch einiges Belangloses, um auch die anderen zum Reden zu animieren. Er zeigte auf seinen bewegenden Mund und hoffte diese Menschen machen das auch. Die aber waren wohl so fasziniert von Theo, dass es ihnen die Sprache verschlug. Tatsächlich hörte er jetzt aber Stimmen aus den hinteren Reihen. Als Theo diesen lauschte, hielt die Frau es wohl nicht länger aus und sprach Theo, mit für ihn unverständlichen Worten, an. Noch an Ort und Stelle wurden erste Sprachbarrieren abgebaut. Theo zeigte auf seine Station und sagte deutlich: „Raumschiff" und deutete der Frau an, das nachzusprechen. Ein nebenstehender Mann sagte: „Raumschiff" und alle lachten und klatschten. Die Frau äußerte: „Lipakei" und zeigte gleichfalls auf das Raumschiff. So waren noch einige Wortspiele nötig, bis es verstanden wurde, zu einem späteren Zeitpunkt und kleinen Gruppen, das Raumschiff zu inspizieren.

Theo zeigte auf die Stadt und alle Leute setzten sich in ihre schnittigen Autos, mit denen sie in Richtung ihrer Stadt davonbrausten. Die Frau und der Mann, mit denen er gerade gesprochen hatte, nahmen ihn in ihrem Gefährt mit. Alle Autos sahen gleich aus. Auch konnte man das von den herannahenden Häusern sagen. Eine Ausnahme waren nur die unterschiedlichen Höhen beziehungsweise die Anzahl der Stockwerke. Die Straßen waren großzügig gebaut und in guten Zustand. Gleiches galt, außer der eingefassten Begrünung, für die Fußwege. Auf einem großen, gepflasterten, freien Platz, mit einer umseitig offenen Bühne in der Mitte, versammelten sich alle. Die Fahrzeuge stellten sie zuvor seitlich ab. Viele andere Bewohner stießen dazu. Einige tausend Menschen kamen so zusammen. Es stellte sich heraus, das die beiden Personen, mit denen Theo bisher kommuniziert hatte, auch die Verantwortlichen dieses Städtchens waren. Sie forderten Theo auf, gemeinsam mit ihnen auf die Bühne zu steigen. Über eine Lautsprecheranlage wurde Theo den Leuten vorgestellt. Was da erzählt wurde, konnte sich Theo nur denken. Die Wörter Raumschiff, Außerirdischer und Gast verstand er in ihrer Sprache. Die Frau schubste leicht Theo an und wiederholte die ihm bekannten Wörter. Dann war Theo an der Reihe, diese in seiner Sprache zu äußern. Es folgte ein ausgiebiges Klatschen, denn auch für die Einheimischen war Theo eine Sensation. Die Versammlung löste sich, nach weiteren Hinweisen an die Stadtbewohner, allmählich auf.

Theos, sagen wir mal Betreuer, fuhren mit ihm zu einem Haus. Einige Schilder, mit beinahe chinesisch ähnlichen Schriftzügen, hob das Haus von den anderen ab. Nach Betreten des Hauses steuerte man direkt auf einen Fahrstuhl zu, doch man führte Theo gleich in den ersten, rechtsliegenden Raum. Dieser hatte eine büroähnliche Ausstattung mit zwei Arbeitsplätzen und ovalen Monitoren. Vielleicht so etwas wie ein Bürgermeistervorzimmer. Von diesem Raum folgte, durch eine Tür, ein zweiter Raum mit gleichen quadratischen Maßen und ähnlicher Ausstattung. Hier war nur ein Arbeitsplatz vorgesehen. Zusätzliche drei Räume für Archivierung und Reserve waren linksseitig und hinter dem Fahrstuhl vorzufinden. Der gesamte Bau, für alle Häuser gleich, bestand aus würfelförmigen Segmenten, die aneinander und übereinander zusammengesetzt wurden. Die geschwungenen Dächer lockerten das Abstrakte etwas auf. Die Betreuer fuhren mit Theo per Fahrstuhl ins oberste Geschoss. Hier waren drei Gästezimmer eingerichtet. Theo fand hier ein komfortables, wenn auch gewöhnungsbedürftiges, Appartement vor. Die Betreuer machten ihm klar, dass er hier verweilen solle und sie selber ein Stockwerk tiefer wohnen. Theo legte sich auf eine unbezogene Liege. Ein richtiges Bett gab es hier nicht. Er entspannte eine Weile und versuchte, seine unglaubliche Situation zu verarbeiten. Hier gab es noch viel zu erkunden. Er nahm sich vor, die Sprache dieser Menschen zu lernen. Nur so würde er die Geheimnisse dieses Planeten verstehen lernen. Leichter Hunger veranlasste ihn, nach Essbarem zu sehen. Ein kleiner Kühlschrank - erst nach vielem Öffnen von Fächern in einer Art Wandschrank ausfindig gemacht - bot Getränke und nicht entschlüsselbares Essen an. Teigartige Fladen und Wasser mussten seinen kleinen Hunger und Durst stillen. Es wurde langsam dunkel und Theo versuchte seine Uhr danach zu stellen. Genaue Zeitangaben wollte er am nächsten Tag erfragen. Nicht nur das, sondern ein ganzes Fragenpaket stand noch an. Trotz ungewohntem Umfeld machte er am nächsten Tag einen ausgeschlafenen Eindruck. Seinen gewohnten Platz im Raumschiff, mit einem vernünftigen Frühstück, hätte er jetzt trotzdem vorgezogen. Er öffnete die Tür und ließ sich mit dem Fahrstuhl ins Erdgeschoss fahren. Unten traf er den Betreuer an und mit dem Wort „Lipakei" und einigen Gesten machte Theo ihm klar, dass er das Raumschiff aufsuchen wollte. Um zuvor eine weitere Hürde abzubauen, nannte er seinen Vornamen, während er auf sich selbst zeigte, ließ den Betreuer diesen nachsprechen und deutete dann auf ihn, um gleiches vom Betreuer zu erfahren. Der sagte: „Alian" und Theo wiederholte: „Alian". Kaum war diese Kommunikation beendet, erschien die Frau. Alian küsste sie auf die Nasenspitze und forderte von ihr das gleiche Namenspiel. Sie heißt „Visulde", wie Theo erfuhr. Sie einigten sich, gemeinsam mit Theo zum Raumschiff zu fahren. Dort angekommen machte Theo erst einmal eine Außenbesichtigung. Nach dem Eintritt ins Raumschiff schienen die beiden Neuankömmlinge beeindruckt zu sein. Auch hier wurde wieder einiges Vokabular, bei den Erklärungen, ausgetauscht und erlernt. Theo ergänzte hier seine Vorstellungen mit einigen angefertigten Zeichnungen. Im Anschluss bereitete er ein Frühstück vor und bot es auch seinen Gästen an. Je ein halbes Brötchen mit Marmelade kam bei den beiden gut an. Andere Aufstriche, wie Honig, Quark oder Wurstsorten, wehrten sie dankend ab. Auf der Rückfahrt in die Stadt zeigten Alian und Visulde Theo eine Obst- und Gemüseplantage. Theo probierte einen ovalen Apfel mit süßlichem Geschmack. Andere Früchte, nicht für Theo definierbar, konnte man aber auch essen. Gemüse war, wie man ihm erklärt, die Hauptnahrung der Bewohner. Zusätzlich wurde Getreide für die Fladenproduktion angebaut. Fladen sind die Unterlage für alle Mahlzeiten. Obst und Gemüse wurde nur gewaschen, je nach Bedarf in verschiedene Größen geschnitten und als Belag der Fladen gereicht. Die reine Rohkost war vielleicht auch der Schlüssel für die Langlebigkeit dieser Bewohner. Sie erreichten im Schnitt hundertfünfzig bis zweihundert Jahre Lebenszeit. Aus diesem Grunde gab es auch wenige Kinder.

Nach drei weiteren Tagen und dem Erlernen von vielen neuen Wörtern, waren Besichtigungen in einigen Betrieben sehr aufschlussreich. Es wird nur sehr wenig, zum Teil gar keine Energie verbraucht. Die Bauwirtschaft, heute kaum noch aktiv, stellte ihren Beton aus verschiedenen Sanden und Wasser her. Alte Gruben, ähnlich unserer Kiesgruben, zeugten noch von der Abräumung. Das Gemisch wurde in Formen, meistens zu Platten, gegossen. Die Autos und allgemeine Gebrauchsgegenstände waren hauptsächlich aus Natur gewonnenen Materialien entstanden: Die Umwandlung von Milchsaft und Fasern von bestimmten Bäumen war dafür die Voraussetzung. Dabei wurden, je nach Verfahren, unterschiedliche Qualitätsstufen geschaffen. Somit war man in der Lage sogar Motoren daraus zu bauen. Die wenige Energie, die man benötigte, gewannen diese Menschen, ähnlich wie bei uns, aus Photovoltaik-Anlagen, aber mit sehr hohem Wirkungsgrad. Auch die Autos fuhren mit Solartechnik. Mit dieser Technik war man hier viel weiter und effizienter, als es auf der Erde gewesen war, stellte Theo fest. Der ganze Planet war oberirdisch vernetzt, durch viele Funksendemasten, die über den ganzen Planeten verteilt waren. Telefone und Computer sind in jedem Haushalt vorhanden. Bildübertragungen sind über Computer zugänglich. Die Städte verfügten über eine Kanalisation für Abwasser, ebenso wie über ein Stromnetz. Das Abwasser wurde über einen Sammler und ein langes Rohrsystem, weit und tief, auf den Meeresboden geführt. Eine Umweltschädigung war, auf Grund des natürlichen, biologischen Abbaus, nicht möglich.

Der folgende Tag begann mit einer neuen Überraschung. Alian teilte Theo mit, dass eine Einladung der Regierung aus der größten Stadt vorliegt. Alle Menschen des Planeten hatten Kenntnis von Theo, dem Außerirdischen. Die Stadt lag auf der anderen Seite des Planeten. Ergänzend ist zu erwähnen, dass es keine Länder gab und alle Menschen hier eine Sprache sprachen. Der Termin war in zwei Wochen festgelegt.

Die nächsten Tage musste sich Theo für mehrere Gruppen, zur Besichtigung seines Raumschiffes, bereithalten. Alian war als Dolmetscher immer zugegen. Auch eine Waldwanderung sollte nicht fehlen. Alian führte zum Schutz ein kleines Gewehr mit. Er erklärte, dass er es nur für außergewöhnliche

Fälle bei sich hatte. Nur im Notfall und auch dann nur mit einem Betäubungspfeil, um ein angreifendes Tier kurzzeitig in Schlaf zu versetzen. Da allerdings alle Tiere nur Pflanzenfresser waren, bestand so gut wie keine Gefahr. Theo traute seinen Augen nicht. Kleinere und mittlere Saurier, Warzenschweine mit Rüssel und andere Exoten konnte man hier antreffen. Vögel, teilweise mit Krallen an den Flügeln und Käferarten mit Geweih waren auch besondere Hingucker. Der Wald selbst war sehr gemischt. Unter anderem auch mit Früchten für Mensch und Tier.

Alian fragte Theo nach seiner Kleidung und warum er nicht, wie die Tiere auch, seinen Körper zeigt. Sein dünner, nylonähnlicher Overall, der aber atmungsaktiv war, diente der Abwehr von unliebsamen Tierchen, wie Insekten, und auch als Sonnenschutz. Hier herrschten immer konstante Temperaturen zwischen dreiundzwanzig und achtundzwanzig Grad Celsius, Tag und Nacht. Theo erklärte ihm danach die Situation auf der Erde und wieso er deshalb nicht nur Funktionskleidung trug.

Der Zeitpunkt der Einladung in die Stadt stand bevor und Theo ging davon aus, den Treffpunkt mit dem

Raumschiff anzusteuern. Das lag auch in Alians Interesse. Er zeigte Theo eine Weltkarte seines Planeten mit den Koordinaten des Anflugzieles. Theo machte ihm, mit Verhaltensregeln, besonders während der Schwerelosigkeit, vertraut. Theo fragte, ob sie vielleicht in der Hauptstadt so etwas wie eine Funkstation hätten, die noch Gespräche mit dem Raumschiff in der Umlaufbahn empfangen könnte. Alian war der Meinung, davon gehört zu haben, dass man aber auf diesem Gebiet nicht weit genug ist. Im Beisein aller Stadtbewohner startete Theo das Raumschiff und brachte es in die Umlaufbahn. Aliens Verhalten drückte Staunen und Stolz gleichzeitig aus. Er unternahm, nach Theos Anweisung, den Versuch, Kontakt mit der Bodenstation aufzunehmen. Bisher kein Erfolg. Theo drosselte die Geschwindigkeit und leitete, den Koordinaten folgend, den Anflug ein. In diesem Moment waren Signale von der Bodenstation vernehmbar. Leider nur Töne, die auch für Alian nicht verwertbar waren. Bestimmt waren hier ganz andere Frequenzen schuld daran. Die Landung glückte, auf einem großen Platz, mit zigtausend Menschen in jubelnder Pose.

Alian, noch etwas benommen, entstieg als erster dem Raumschiff, erst dann folgte Theo. Die Landesverantwortlichen standen Spalier und begrüßten nacheinander die Ankömmlinge. Gemeinsam gingen Sie zum, am Rande stehenden, großen Gebäude und zeigten sich auf einer offenen Empore. Ein scheinbar Hauptverantwortlicher begrüßte Theo und stellte ihm auch einige Fragen. Mit Alians Hilfe erzählte er seine Geschichte als Erdbewohner, mit ähnlicher Planetenstruktur, aber in sehr weiter Ferne. Die Menschen auf dem Platz waren mucksmäuschenstill, um den Worten des Außerirdischen zu lauschen. Erst nach der Übersetzung ging ein Raunen und Staunen durch die Menge. Anschließend wurden die Menschen auf dem Platz verabschiedet und Theo mit Alian von den Regierenden zum festlichen Abendessen geladen. Das Angebot war etwas reichhaltiger aber für Theo kein Unterschied zu dem, was er schon kannte. Nach einer längeren Unterhaltung, die man überwiegend mit Theo und Alian führte, wurde den Gästen je ein Gästezimmer zugewiesen. Den nächsten Tag füllten eine Stadtführung und einige Besichtigungen wichtiger Industrieanlagen aus: In der Hauptstadt gab es das zukünftige Flüssig kraftstofflager für den ganzen Planeten. Er sollte für erste Versuche der Raumfahrt Verwendung finden. Theo fragte sie, woher sie den Kraftstoff hatten und er erfuhr: aus Bohrungen im Erdreich, mit noch reichlichen Reserven. Theos Bitte, sein Raumschiff nachtanken zu dürfen, kam man gerne entgegen. Am darauffolgenden Tag wurde die Rückreise, mit jetzt aufgefülltem Tank, vorbereitet. Zuvor hatten angehende Astronauten sich nochmal das Raumschiff gründlich angesehen und waren sichtlich beeindruckt. Alian bat Theo, ihn bei seiner Reise begleiten zu dürfen. Theo lehnte ab und begründete das so: „Das geht wirklich nicht. Meinen Reserveraumanzug brauche ich selber. Wie Du ja weißt, ist meiner beschädigt. Mein Forschungsauftrag ist noch lange nicht beendet und bleibt immer ein Risiko von Leben und Tod. Ich könnte Dich auch nicht wieder zurückbringen. Also verstehe das bitte!" Alian beeindruckte das nur wenig. Er sagte: „Risiken sind für mich kein Hinderungsgrund. Außerdem verstehe ich Deine Sprache und könnte ja auch woanders mit Dir wohnen". „Und was ist mit Visulde", fragte Theo. „Wieso, es gibt doch so viele andere Männer", entgegnete Alian. Theo verstand ihn nicht mehr. Er musste sich was anderes ausdenken. Nach einer längeren Pause erkundigte sich Theo über Reiserouten auf diesem Planeten. Zwischen den Großstädten existiert ein Flugbetrieb. Kleinbusse und Autos sind, von da aus, die örtlichen Zubringer. Diese Information reichte Theo, jetzt eine Entscheidung zu treffen. Er schickte Alian in die Stadt, um Nahrung für die Reise zu besorgen. Sobald Alian außer Sicht war, startete Theo das Raumschiff und hob, unter Beifall klatschender Menschen, ab. Er hätte sich gewünscht, Alian gebührender verabschiedet zu haben, aber sein Unverständnis lies dies nicht zu. Jetzt galt seine Konzentration dem Flug seines Raumschiffes.

4. Kapitel: Das Schwarze Loch

Was aber wird ihn in der Heimat erwarten? Seine Familie, Verwandte und Freunde, alle hätten inzwischen das Zeitliche gesegnet. Es wäre eine traurige Heimkehr, und so wollte er lieber weitere Erlebnisse im Weltall in Angriff nehmen: Bis zu seinem Abflug von der Erde wusste man sehr wenig bis nichts über rotierende, Schwarze Löcher. Käme man in die Nähe eines solchen Lochs, wäre eine Reise in die Vergangenheit eine mögliche Option. Eine spezielle Flugbahn, mit sicherem Abstand, wäre natürlich die Voraussetzung. Er dachte an die Supernova und steuerte in diese Richtung. Innerhalb der folgenden sechs Lichtjahre hätte er noch weitere Planeten, mit möglichem Leben, anfliegen können. Sein Hauptaugenmerk galt jetzt aber dem Schwarzen Loch. Er erkannte Kometen und auch Sterne, die sich schneller in eine Richtung bewegten. Aus sicherer Entfernung sah er, wie die Objekte im Kreis rotierten, bevor sie ganz verschwanden. Das sprach für ein rotierendes, Schwarzes Loch.

Theo, jetzt sehr aufgeregt, steuerte etwas näher sein Raumschiff der Gefahrenzone zu. Plötzlich spürte er kleine Beeinflussungen auf sein Raumschiff. Er musste verstärkt eine Richtungsänderung vornehmen. Ein normales Raumschiff mit weniger Schubkraft, hätte hier, so glaubte Theo, schon verloren. Er schien jetzt auf eine sichere Umlaufbahn, getroffen zu sein. Ein gewissermaßen automatischer Ablauf hatte sich eingestellt. Das Raumschiff rotierte, ohne Verbrauch, auf einer Umlaufbahn. Theo hatte keine Ahnung, wie lange er diese Position einhalten müsste.

Die Uhren standen, Zeitgefühl wurde komplett ausgeschaltet. Theo beschlich die Angst. Er dachte über weitere Szenarien nach. Bei neuen Schwarzen Löchern können bei Rotationen Neutronenringe entstehen. Die Schwerkraft darin wäre aber ebenso stark wie in einem normalen Schwarzen Loch. Deshalb würde, bei schneller Rotation, die Fliehkraft den Kollaps des Rings verhindern. Auf diese Weise entstünde ein Sternentor. Flöge ein Astronaut mit dem Raumschiff durch den Neutronenring, würde er in ein fremdes Universum gelangen. Nur das nicht, dachte er. Es könnte aber auch, nach weiterer Überlegung, ein besonderer Reiz sein. Ohne zu wissen wie viel Zeit vergangen war, merkte er leichte Richtungsänderungen des Raumschiffes. Gleichzeitig wurde aus dem Schwarzen Loch angesaugte Materie, in stark gebündelten Teilchenstrahlen, wieder ins All hinaus geschleudert. Theo nutzte diesen Moment, um die Umlaufbahn zu verlassen. Das Raumschiff reagierte und die befürchtete Fesselung an das Schwarze Loch blieb aus.

Theo musste erst einmal das Gravitationsfeld verlassen. In Richtung Erde setzte er dann seinen Flug fort. Er schätzte die Flugdauer auf achtzehn bis zwanzig Jahre. Proviant und mögliche Depressionen könnten ihm noch zum Verhängnis werden. Nach seiner Überprüfung müsste er, wenn er weniger Nahrung zu sich nimmt, etwa nur alle drei Tage, damit auskommen. Die beiden Trimmgeräte wollte er jetzt aktiver nutzen. Signale zur Erde blieben ergebnislos. „Sollten auf der Erde schon vergangene Zeiten vorherrschen und jegliche Funkverbindungen unmöglich machen"? überlegte Theo vor sich hin redend. Ohne die Zeit im Gravitationsfeld des Schwarzen Loches bemessen zu können, schätzt er etwa fünfundzwanzig, vielleicht dreißig Jahre bisher im Weltall verbracht zu haben. Sein gelegentlicher Blick in den Spiegel ließ keine Alterungserscheinungen erkennen. Fünf bis acht Jahre wird er brauchen, um die Milchstraße zu verlassen.

Nach dreijährigem Flug eröffnete sich für ihn eine interessante Sternenkonstellation: nicht Sonne, Mond und Sterne, sondern Sonne, Planeten und Monde. Es zog Theos Raumschiff förmlich an. Nach zwei Lichtjahren konnte Theo sich ein genaueres Bild machen. Zwei Planeten auf fast gleicher Umlaufbahn und drei Monde als mögliche Stabilisatoren. Ein weiteres Lichtjahr, und Theo erreichte die Umlaufbahn eines der Planeten. Seine Messung wies ihn als anderthalb Mal größer als die Erde aus. Viel grünes Land und genügend Wasserflächen, konnte Theo erkennen. Sollte er noch eine Landung riskieren? Er war sich nicht ganz schlüssig. Er machte noch ein paar Runden um den Planeten und stellte fest, dass hier auch Tage und Nächte wechseln, aber ein richtiger Landeplatz aus dieser Entfernung nicht ausmachbar war. Es schien überall Wald zu sein. Er setzte trotzdem zum Anflug in gewohnter Art an.

Nach Verlassen der Atmosphäre konnte Theo einen Landeplatz ausmachen.

Er drosselte die Geschwindigkeit und setzte ohne Probleme sicher auf. Er zog seinen zweiten Raumanzug an und schaute sich über Monitore die Umgebung an. Außer Bäumen war nichts zu sehen. Er wartete eine Weile ab, könnte ja auch sein, dass der Lärm beim Aufsetzen des Raumschiffs Lebewesen verscheucht hat. Tatsächlich stolzierte ein erster Vogel, ähnlich wie wir ihn aus der Urzeit kennen, am Waldrand vorbei. Der Versuch, sich in die Lüfte abzuheben, gelang ihm nicht. Zusätzliche Krallen an den Hinterläufen und die Größe eines Straus, können schon Angst einflößen. Theo wartete weiter ab, denn man konnte hier mit außergewöhnlichen Tieren rechnen. Die Bäume sahen ähnlich aus wie auf der Erde, nur größer und teils mit sehr dicken Stämmen. Plötzlich trat eine Art Drachen mit zwei Köpfen aus den Bäumen hervor. Neugierig beäugte er das Raumschiff. Nach näherem Herantreten und Geruchsaufnahme, trottete er zurück in den Wald. Der wollte wohl nur feststellen, ob es etwas Fressbares war, dachte sich Theo. Auf diesem Planeten konnte sich Theo keine intelligenten Lebewesen vorstellen. Soweit das Auge reichte, war hier nur Wald vorzufinden. Vielleicht war dieser Planet, in einem ähnlichen Stadium wie die Erde vor Millionen von Jahren. Einen kleinen Ausflug wollte sich Theo aber nicht entgehen lassen.

Bei einer Außentemperatur von zweiundzwanzig Grad Celsius und reichlich Sauerstoff konnte er den Helm öffnen. Mit Laserpistole bewaffnet, wagte er einen Gang in den Wald. Auch hier war das Gehen etwas mühsamer. Jetzt beim näheren Hinsehen, bemerkte er viele kleine Kriechtiere und Insekten vieler Arten. Schon allein aus diesem Grund bot der Raumanzug Schutz. Was er als Liane vermutete, entpuppte sich als Schlange. Ihre Angriffshaltung beendete Theo mit einem Laserstrahl. Sie löste sich vom Baumstamm und fiel tot auf den Waldboden. Er musste auf der Hut sein, denn Gefahren schienen hier keine Grenzen zu kennen. Ein Schlag auf den Helm bestätigte das. Eine harte Frucht, ähnlich einer Kokosnuss, kam von oben geflogen. Theos Blick fiel auf ein Wesen zwischen Mensch und Affe. Der griff bereits zu einer zweiten Frucht, um Theo damit zu „begrüßen". Theo zielte auf den Ast, auf dem der Menschenaffe saß und jagte ihm einen Schrecken ein. Danach blieben alle Früchte oben. Theo, im Begriff wieder sein Raumschiff aufzusuchen, wurde durch knackende Geräusche eines gewaltigen Geschöpfs abgelenkt.

Eine Kreuzung zwischen Mammut und Saurier stellte sich ihm in den Weg. Theo sah sich nach dicht stehenden Bäumen um und fand eine Lösung. Schnell dahinter tretend und in Sicherheit wiegend, ließ sich das Urvieh nicht von der Verfolgung abbringen. Kleinere und dünnere Bäume waren kein Hindernis und so näherte es sich Theo beträchtlich. Mit dem Rüssel streifte es Theos Helm. Der ging ein paar Schritte zurück und zückte seine Laserpistole. Er zielte auf den Rüssel und hoffte auf Rückzug des Ungetüms. Doch jetzt entwickelte es erst recht seine ganze Kraft. Zwei stattliche Bäume waren, in kurzer Zeit, durch das Gegenstemmen entwurzelt. Theo hatte inzwischen eine noch stärkere Baumreihe entdeckt. Doch auch hier machte das Urvieh kurzen Prozess. Trotzdem hielt es das Tier lange genug auf, dass Theo auf die Augen zielen konnte. Nur ein starkes Schnauben deutete auf den Schmerz hin. Bis zur Lichtung waren es noch gute hundert Meter. So schnell er konnte, völlig fertig, erreichte er sein Raumschiff. Sein Blick zum Wald verhieß nichts Gutes. Wackelnde Baumkronen verrieten das Näherkommen des Urviehs in Richtung der Lichtung. Es war höchste Zeit, diesen Planeten zu verlassen. Kurz bevor die gewaltige Kreatur die Lichtung erreichte, hob das Raumschiff ab.

Theo war erleichtert und führte sein Raumschiff vorerst auf die Umlaufbahn. Eine nochmalige Runde um den Planeten brachte keine neuen Erkenntnisse. Dieser Planet hätte aber alle Voraussetzungen, um menschliches Leben zu garantieren. Die Umlaufbahn verlassend, wollte er, trotz des gefährlichen Abenteuers, den zweiten Planeten ansteuern. Zwei Monate Lichtgeschwindigkeit reichten aus, diesen zu erreichen.

5. Kapitel: Die Aliens

Dieser Planet war nur etwas größer als die Erde. Er maß einen Umfang von 46.000 Kilometern. Hier waren keine erdähnlichen Verhältnisse vorzufinden. Kein Grün, kein Wasser, etwa mit der Mondlandschaft vergleichbar. „Wie kann das sein? Es sind doch fast gleiche Bedingungen wie bei dem Planeten zuvor!" flüsterte Theo vor sich hin. Die Neugier beflügelte ihn, auch hier eine Landung vorzunehmen. Die Atmosphäre schien hier eine ganz andere, oder auch gar keine, zu sein. Das Raumschiff war weniger Belastungen ausgesetzt. Auch zeitlich war Theo schneller gelandet als üblich. Der Sauerstoffgehalt beträgt 38%, 18% mehr als auf der Erde. Die Temperatur liegt bei fünf Grad Celsius.

Er schaute sich um und sah außer einer trostlosen Landschaft mit einigen Kratern, in weiterer Ferne ein Lichtermeer. Einige Lichter kamen direkt auf Theo zu. Theo, inzwischen im Raumanzug versteckt, wartete jetzt ab. Auch einen kurzfristigen Start schloss er nicht aus. Auf sonderbaren Fahrzeugen, aussehend wie ein Mittelding zwischen Geländewagen und Schlitten, kamen außergewöhnliche Kreaturen auf das Raumschiff zu. Vor dem Raumschiff stiegen sie aus und boten ein sonderbares Bild. Die Köpfe, etwa die Größe einer Melone, war der größte Teil des Körpers. Winzige Ärmchen und Beinchen an einen kaum erkennbaren Körper, komplettierten die Gesamthülle dieser Wesen. Große Augen, zwei kleine Löcher, vermutlich die Nase und ein schmaler Mund, ließen die Figuren weder freundlich noch aggressiv erscheinen. Theo kamen diese Winzlinge nicht allzu gefährlich vor und so entschied er sich, sich den Ankömmlingen zu zeigen. Sein Auftritt im Raumanzug bewirkte ein deutliches Zurückweichen der Außerirdischen. Sie trugen keine Kleidung. Ihre Haut ähnelte imprägniertem Zeltstoff. Theo ging in die Knie und winkte den Aliens zu. Keiner bewegte sich und so erhob sich Theo und schritt langsam auf die Aliens zu. Einige blieben stehen, andere wichen weiter zurück. Theo kniete abermals und reichte einem Alien die Hand. Dieser berührte sie und zog sie gleich wieder zurück. Mit weicher Stimme fragte Theo einfach: „Wer seid Ihr"? Natürlich verstand das keiner aber mit fast singender Stimme unterhielt man sich untereinander. Jeder glaubte jetzt, dass keine Gefahr ausgeht und man kam sich etwas näher. Die Zurückgewichenen traten wieder vor und Theo zeigte auf die in der Ferne liegenden Lichter. Die Aliens verstanden ihn, zeigten auf ihre Minifahrzeuge und machten Theo klar, ihn nicht mitnehmen zu können. Theo zeigte auf sein Raumschiff und versuchte mit den Händen nach unten zeigend, auf ihn zu warten. Er ging ins Raumschiff und stellte sein Auto zusammen.

Die Aliens hatten schon in ihren Fahrzeugen sitzend gewartet. Sicherlich nicht wegen seiner Handzeichen. Mit dem Auto, auf sie zukommend, fuhren sie gemeinsam den Lichtern entgegen. Nach nicht allzu langer Fahrt kam Theo nicht mehr aus dem Staunen heraus. Eine, für Aliens, riesige Stadt tat sich vor Theo auf. Straßen mit Beleuchtung. Häuser im rundem Stil und viel Hightech in den Wohnungen. Eine komplette Infrastruktur vom Feinsten war hier zu bewundern. Was waren das nur für Lebewesen. Die mussten ja über eine hohe Intelligenz verfügen. Es kam noch besser. Die Aliens zeigten Theo ihren Flugplatz. Mindestens zweihundert Flugobjekte in Untertassen-form, uns bekannt als Ufos, standen hier. Von

Funkstationen für den Weltraum konnte sich Theo an anderer Stelle überzeugen.

Um der Kommunikation näher zu kommen, versuchte es Theo wieder mit zeichnerischen Darstellungen. Er holte aus dem Auto seinen Block und wiederholte sozusagen das Sternenbild, nur diesmal mit dem heutigen Planeten und der Erde. Ein Alien forderte von Theo den Stift und punktete damit mehrmals auf die Erde und zeigte gleichzeitig mit der anderen Hand auf sich. Theo verstand, dass die Aliens schon auf der Erde gewesen waren.

Es dämmerte schon eine Weile und die Temperatur kühlte merklich ab. Theos Raumanzug war für hohe Minusgrade ausgelegt, aber wie hielten das die Aliens aus? Er musste wieder mit Gesten und Zeichnungen seine Fragen erläutern. Nach vielem Hin und Her verstand er so viel, dass die Aliens nicht frieren. Ihr Körper ist den Gegebenheiten dieses Planeten angepasst: Ihre Haut wirkt wie ein enganliegendes Kleidungsstück und scheint allen Temperaturen zu trotzen. Theo hatte inzwischen, neben den Gesten und Zeichnungen, auch viele Wörter gesprochen. Die

Aliens verstanden Theo schon ganz gut. Umgekehrt hatte Theo kein Verständnis für die in allen Tonlagen gesungenen Laute. Selbst Chinesisch lernen wäre dagegen ein Kinderspiel. Theo musste zurück. Es war mittlerweile dunkel und in der Alien-Stadt konnte er nicht übernachten. Wie gedacht, so getan. Endlich dem Raumanzug entstiegen, nahm er noch ein kleines Essen zu sich, bevor er die Nachtruhe antrat.

Am nächsten Tag stand schon eine kleine Abordnung vor dem Raumschiff. Theo bat sie hinein. Mit der Sauerstoffumstellung hatten die Aliens kein Problem. Theo, ohne Raumanzug, schockierte die hiesigen Bewohner nicht. Theo fiel ein, dass sie ja schon auf der Erde gewesen waren und Menschen gesehen haben könnten. Die Aliens schauten sich alles an, ohne besondere Verwunderung zum Ausdruck zu bringen. Auf das kleine Gewächshaus zeigten sie mit dem Finger, alles andere schien ihnen geläufig zu sein. Theo nahm eine kleine Tomate heraus und steckte sie sich in den Mund. Er bot auch einem Alien eine an, die der jedoch abwehrte. Theo nahm diesmal ein elektronisches Zeichengerät zur Hand und stellte den Planeten dreidimensional als Kugel dar. Er machte den Aliens die Frage klar, ob es noch viele andere Städte auf diesem Planeten gibt. Sie zeigten auf alle möglichen Stellen auf der Kugel und bejahten diese Frage. Theo stieg in seinen Raumanzug und begab sich mit den Aliens nach draußen. Sie fuhren nochmal, auf Theos Wunsch, zu den Flugobjekten. Nach näherem Hinschauen stellte er fest, dass die Diskus-förmigen Ufos entschieden größer waren als aus der Entfernung betrachtet. Die Aliens öffneten ein Flugob-jekt und Theo konnte es ohne Probleme betreten. Hier hätten bis zu vier Menschen-Astronauten Platz finden können. Theo schaute sich alles genauer an und war, soweit er es verstand, über den Stand der Technik begeistert. Auf einem Bedienpult lag ein Zettel. Nach genauerem Hinschauen sah man darauf einen sezier-ten Menschen. Theo stockte der Atem. Er drückte schnell auf seine Brust, die eine versteckte Kamera am Raumanzug auslöste. Er tat so, als ob er nichts gesehen hätte. Ein Alien entfernte den Zettel und reagierte dabei ohne Hast.

Theo wollte, ohne dabei Aufsehen zu erregen, so schnell wie möglich sein Raumschiff aufsuchen. Man konnte in diese Köpfe nicht reinschauen. Wer weiß, was sie im Schilde führten. Theo machte den Aliens klar, ihnen noch etwas zeigen zu wollen. Dafür müsste er nochmal zum Raumschiff fahren. Sie verstanden das und ließen ihn, mit ihrem Gefolge, fahren. Genau das wollte Theo nicht. Es blieb ihm nichts übrig, er musste sich unterwegs was einfallen lassen. Am Raumschiff angekommen zeigte er den Aliens, wie er sein Auto zusammenlegen kann und es im Raumschiff verstauen kann. Die zwei Aliens im Raumschiff machten keine Anstalten, dieses zu verlassen. Theo erklärte ihnen, die andere Seite des Planeten besuchen zu wollen. Sie rührten sich nicht von der Stelle. Theo wusste sich nicht weiter zu helfen, er entschied sich für die radikale Tour. Er nahm seine Laserpistole in die Hand und forderte sie mit zusätzlicher Drohgebärde zum Ausstieg auf. Auch das half nicht. Er zielte vor Verzweiflung auf die Hand eines Alien. Die glitt abgetrennt zu Boden, ohne Blut und ohne Schmerz. Theo, jetzt in Rage, hielt einem Alien die Pistole direkt an den Kopf. Schneller als gedacht waren sie verschwunden. Jetzt schloss er den Schleuseneingang ab und startete das Raumschiff.

Er wusste, hier hatte er sich Feinde gemacht. Lieber das, als für ihre wissenschaftlichen Zwecke missbraucht zu werden. Schnell hatte Theo die Umlaufbahn verlassen und erschrak, denn plötzlich tauchten vor und seitlich von ihm mehrere „Untertassen" auf. Noch war er nicht auf Maximalgeschwindigkeit. Das holte er jetzt nach und seine Verfolger hatten das Nachsehen. Das erwies sich allerdings als Trugschluss. Sie folgten ihm weiterhin - zwar in gebührendem Abstand, doch abschütteln ließen sie sich auch nicht. Theo dachte, was wollen die schon auf der Erde ausrichten? Dort könnte man mal den Spieß umdrehen, denn wir haben auch genug Wissenschaftler auf diesem Gebiet. Dann aber fiel Theo sein Flug in die Vergangenheit ein, allerdings ohne zu wissen, wie weit er in der Zeit zurückgereist war. Wie auch immer, was sollen diese Winzlinge schon ausrichten, dachte sich Theo. Eine lange Flugstecke lag noch vor ihm und so widmete er sich seinem Tagesprogramm.

Nach einem halben Lichtjahr spielten auf einmal seine Instrumente verrückt. Seine Flugbahn wurde, ohne seine Einwirkung, ferngesteuert. Wieder zeigten sich die Ufos und Theo bekam es jetzt mit der Angst zu tun.

Schon an sein Ende denkend, versuchte er die wichtigsten Ergebnisse seines Auftrages zur Erde zu funken. Er konnte nichts mehr tun und ergab sich seinem Schicksal. Zwei ganze Lichtjahre vergingen ohne weitere Zwischenfälle. Theo sah einen sich nahenden Planeten. Sein Raumschiff hielt genau auf diesen Planeten zu. Das könnte mein Ende sein, dachte er. Nach Erreichen der Umlaufbahn wurde die Fremdsteuerung ausgesetzt. Einige Umrundungen, mit den Ufos im Schlepptau, wurden auf der Suche nach einem günstigen Landeplatz absolviert. Dann wurde das Raumschiff, für kurze Zeit wieder fremdgesteuert, in Richtung Planet geleitet. Um nicht unkontrolliert auf dem Planeten aufzuschlagen, konnte Theo wieder die Steuerung übernehmen. Er landete etwas unsanfter als bisher. Fünf Ufos waren ebenfalls gelandet.

Ein unfreundlicher Planet. Minus fünfunddreißig Grad Celsius, kein Sauerstoff und eine Kraterlandschaft boten ein abstoßendes Bild. Die Aliens stiegen aus ihren Flugobjekten und führten ein Gerät mit sich, das Theo nicht identifizieren konnte. Es war mit dünnen Schläuchen an tragenden Teilmasken, um den

Nasenbereich der Aliens, verbunden. Sie kamen auf das Raumschiff zu und schnitten ein Loch in den Schleusenbereich. Theo hatte zum Glück inzwischen den Raumanzug angezogen und einige Dinge wie Fotozelle, Laserpistole und einige Speichersticks mit wichtigen Aufnahmen eingesteckt. Kaum war das geschehen, hatten die Eindringlinge die zweite Tür mit einem Schneidstrahl herausgeschnitten. Ihr Strahlgerät, nicht größer als ein Tennisball, richtete sich jetzt auf Theo. Sie forderten ihn auf, ihnen zu folgen und im größten Flugobjekt einzusteigen. Dort waren die Bedingungen, hinsichtlich des Sauerstoffanteils und der Raumtemperatur, für Theo gut und er sollte sich des Raumanzuges entledigen. Was jetzt folgte, war für Theo völlig neu. Die drei Aliens in diesem Ufo sangen in ein Gerät hinein, das in deutscher Sprache die Übersetzung artikulierte. Ein Alien fragte ihn, warum er einen der ihren angegriffen hat. Theo antwortete in Richtung dieses Gerätes, dass er eine sezierte, menschliche Leiche auf einem Bild, in einem ihrer Flugobjekte, gesehen hatte. Aus Angst wollte er das Raumschiff starten, doch zwei ihrer Spezies weigerten sich, dieses zu verlassen. Die Aliens sahen sich, nach der Übersetzung in ihre Sprache, an und brauchten wohl eine längere Zeit, um sich wieder zu äußern. Endlich brachten sie zum Ausdruck, Verständnis für Theo aufzubringen und dass diese Leiche bei einem Besuch zur Erde auf einem Feld gefunden wurde. Sie haben sie für wissenschaftliche Zwecke nutzen wollen. Sie versprachen, Theo auf die Erde zu bringen. Theo traute ihnen nicht wirklich, dennoch dachte er an einige Sachen, die er aus dem Raumschiff mitnehmen könnte. Nach seiner entsprechenden Frage, konnte er das erledigen, ohne aufgehalten zu werden. Er zog seinen Raumanzug an und holte nacheinander sein Gewächshäuschen, den Kühlschrank und einige technische Geräte, die seine Forschungsergebnisse dokumentierten. Alles fand im neuen Flugobjekt seinen Platz. Nachdem sich Theo des Raumanzuges entledigt hatte, trafen die Aliens die Vorbereitungen zum Start.

Das Abheben des Ufos war kaum spürbar. Das Erreichen der Umlaufbahn und die Bestimmung der Flugrichtung erfolgt vollautomatisch. Dieser ganze Ablauf erschien Theo auch schneller als mit seinem Raumschiff. Auf jeden Fall hatte er jetzt viel Zeit, die

Aliens besser kennen zu lernen. Wieder erfolgte eine neue Überraschung, die Theo zwar begrüßte, ihn aber auch nachdenklich stimmte. Von der Wand klappte ein für ihn vorgesehenes Bett herunter und aus der Wand trat, wie von Geisterhand dirigiert, ein komplettes WC als Kabine zum Vorschein. Jetzt wurde ihm klar, dass er vor Aufregung gar nicht daran gedacht hatte. Andererseits hatten sich die Aliens bereits auf Menschen eingestellt und er dürfte nicht der erste sein. Wieder wurde er nachdenklich und ein gewisses Misstrauen verstärkte sich. Wie könnte er schlafen, wenn die Aliens ständig zugegen sind. Er nahm sich vor, erst mal so lange wie möglich wach zu bleiben. Die Aliens schienen Theos Gedanken lesen zu können. Über das Sprachgerät beruhigten sie ihn. Auch wenn sie selbst kaum Schlaf bräuchten, sei er vor ihnen sicher und solle sich als Gast fühlen. Theo war von den Aliens abhängig. Selbst wenn er sie ausschalten würde, könnte er das Ufo nicht bedienen. Auch die Aliens schienen das Flugobjekt nicht zu bedienen, man hätte meinen können, es wird ferngelenkt. Die Aliens hielten Wort und Theo fand sogar Gefallen an der Gesellschaft der Aliens.

Er konnte jetzt mehr über das Verhalten der Aliens erfahren. Ihr Essen besteht nur aus einer Pille, die sie einmal pro Woche einnehmen. Ihre kleinen Klappsitze dienen gleichzeitig für Ruhephasen. Theos Mahlzeiten, die er zwar schon länger eingeschränkt hatte, könnten trotzdem irgendwann zum Problem werden. Er fragte die Aliens nach der Wirkung ihrer Pillen. Sie erklärten Theo, dass hier alle wichtigen Nährstoffe und gleichzeitig Abwehrkräfte gegen alle Krankheiten beinhaltet sind. Sie boten Theo eine Pille an. Nach der Einnahme war sein Hungergefühl für drei Tage gestillt. Er konnte sich vorstellen, dass er mit seiner Nahrung auskommen würde, wenn er abwechselnd die Pillen und seine Vorräte zu sich nehmen würde.

Weitere vier Jahre waren, in Eintracht mit den Aliens, vergangen. Das Sprachgerät mussten nur die Aliens noch für Theo benutzen, sie verstanden inzwischen alles, was Theo sagte. Sie informierten Theo, in etwa zwei Jahren die Erde erreicht zu haben. Theos zwischenzeitliche Funksignale blieben nach wie vor unbeantwortet. Langsam glaubte er, eine vergangene Zeit auf der Erde anzutreffen. Theo wusste, aus der gegenwärtigen Entfernung wäre zu seiner Zeit auf der Erde jede Kommunikation unmöglich gewesen.

Er dachte wieder über die Aliens nach. Nach seinen Erinnerungen gab es schon früher jährlich tausende Sichtungen von UFOs auf der ganzen Erde. Auch gibt es Berichte von Menschen, die angeblich von UFOs entführt wurden. Die Beweise waren aber sehr dürftig, wenn nicht sogar nur eine *Fata Morgana*. Auf jeden Fall wirkten sie nicht beruhigend auf Theo. Um diesbezüglich mehr Gewissheit zu haben, machte er eine kleine Inventurkontrolle seiner Sachen. Seine Laserpistole war unauffindbar. Die Frage an die Aliens beantworteten diese mit reiner Vorsicht für sich selbst. Der Angriff in Theos Raumschiff gab Anlass dafür. Dann aber gaben sie Theo die Laserpistole und bemerkten dabei, mittlerweile Vertrauen zu ihm zu haben. Theo bedankte sich, sprach ihnen ebenfalls sein Vertrauen aus und gab jedem die Hand.

II. Teil: In der Vergangenheit

1. Kapitel: Zurück auf der Erde

Die Landung auf der Erde stand kurz bevor. Theos Gedanken fokussierten sich auf die Vorstellung, womöglich Vorfahren von sich, oder sogar Familienangehörige zu treffen. Danach wäre die Vergangenheit, in die er reist, in einer Parallelwelt angesiedelt. Der ursprüngliche Ablauf der Dinge und der Ablauf, der durch einen Eingriff in die Vergangenheit verändert wurde, würden sich beide abspielen. Insbesondere würde das für Theo bedeuten, dass es für ihn unmöglich werden würde, wieder in seine ursprüngliche Version der Gegenwart zurückzukehren - wohl aber in eine Parallelwelt, die mit dieser nahezu identisch wäre. Ein schwieriges Thema. Er musste sich überraschen lassen und der Wirklichkeit ins Auge sehen. Die Aliens verabschiedeten sich noch vor der Landung von Theo. Sie sagten, erst in zweihundertvierzig Jahren eine neuzeitliche, modernere Erde aufsuchen zu wollen. Die jetzige ist ihnen bereits bekannt. Das Ufo setzte in Deutschland auf einem Feld auf. Theo sagte zu den Aliens: „Vielleicht sehen wir uns in zweihundertvierzig Jahren wieder" und verließ das Ufo mit den wichtigsten Sachen. Vor allem waren das seine Geräte mit den Aufzeichnungen aus dem All. Die Aliens hatten ihm einen größeren Beutel für den Transport zur Verfügung gestellt.

Nach einigen Schritten war das Ufo bereits schon wieder unterwegs. Weit und breit kein Mensch in Sicht. In der Ferne sah er eine Siedlung, die er sofort aufsuchen wollte. Kurz vor dem Ziel sah er eine Kleinstadt vor sich. Frauen mit Hüten, die aussahen wie Hauben, und Männer mit Zylindern, spazierten auf den Straßen. Theo, sich noch im Hinterhalt versteckend, sah sich die Menschen noch genauer an. Die Frauen trugen weite Röcke und die Schuhe schienen aus Stoff zu sein. Die Herren trugen Jacketts oder Sakkos und lange Hosen. Einige trugen Handschuhe und einen Stock bei sich. Die Hemdkrägen waren hochgeschlossen. Eine eigene Mode für die Jüngsten gab es wohl nicht. Sie sahen aus wie kleine Vorzeigeerwachsene. Das galt für die Jungen genauso wie für die Mädchen. Lediglich die Hosen der Buben, beziehungsweise die Röcke der

Mädchen waren nicht bodenlang. Sie trugen Kniestrümpfe. Ohne mehr wissen zu müssen war ihm klar, dass er sich im neunzehnten Jahrhundert befand. Es müsste die Zeit des Biedermeier sein, glaubte Theo noch zu wissen. Mit seinem Outfit wollte er kein Aufsehen erregen. So entschloss er sich, nur den Namen des Ortes zu erfahren und dann ungesehen einen neuen Weg einzuschlagen. Er zog sich zurück und versuchte am Rande des Städtchens einen Wegweiser zu finden.

Plötzlich zog ihn jemand an der Hose. Ein kleiner Junge fragte Theo wo er herkomme, denn er sehe ja ganz anders aus. Theo meinte nur: „Von weit her. Du könntest mir aber vielleicht sagen, wo die nächstgrö-ßere Stadt ist." Der Junge sagte: „Da geht es lang nach Potsdam" und zeigte mit dem Finger in diese Richtung. Theo bedankte sich und begab sich auf dem Weg nach Potsdam, um weiter nach Berlin zu kommen. Unterwegs kam er an einem einzelnen Gehöft vorbei. Hier traute er sich hineinzugehen und begrüßte eine freundliche Landfrau. Trotz ihres einfachen Aussehens war ihre Kleidung ähnlich die der Stadtfrauen. Auf Theo warf sie einen fragenden Blick. „Wo kommen Sie denn her", fragte sie und musterte Theo noch intensiver. „Ich komme vom Maskenumzug aus Köln. Meine Sachen hat man mir aus einer Herberge gestohlen. Ich bin seit Tagen unterwegs und mein Zuhause ist Berlin", log Theo. Die Frau fragte: „Dann haben Sie bestimmt Hunger und brauchen auch etwas zum Anziehen?" Theo antwortete: „Machen Sie sich bitte keine Umstände meinetwegen. Ein kleines Essen allerdings würde ich nicht ausschlagen." Die Frau stellte ihm, nach kurzer Vorbereitung, eine warme Speise auf den Tisch. Theo bedankte sich und aß genüsslich etwas, worauf er lange verzichtet hatte.

Die Frau erzählte, dass ihr Mann draußen auf dem Feld arbeitet und er bestimmt nichts dagegen hätte, wenn er auf eine Hose und ein Jackett verzichten müsste. Theo nahm das Angebot an, verabschiedete sich höflich und ließ ihren Mann grüßen. Wieder auf Wanderschaft, fühlte er sich jetzt unauffällig und vor allem sicherer. Eine größere Teilstrecke wurde er von einem Kutscher mitgenommen. Zwei Pferde sorgten, mit flottem Gang, für Theos Entlastung. Kurz vor

Potsdam ging es dann weiter auf Schusters Rappen. Den Beutel meistens über der Schulter tragend, fiel ihm das Gehen zusehends schwerer. Die Pausen nahmen zu und Berlin war eigentlich gar nicht mehr so wichtig.

Wie er in Erfahrung bringen konnte, schrieb man jetzt das Jahr 1850 und im Jahre 2030 erst begann sein Weltraumflug. Um hundertachtzig Jahre zurück gedacht, kannte er keinen Menschen mehr, geschweige denn wird er seinen alten Wohnsitz wiederfinden. Sein Großvater wird der erste sein, den er in etwa hundertzehn Jahren als Zwanzigjährigen kennenlernen könnte. Jetzt musste er sich erst einmal um eine Bleibe kümmern. Endlich erreichte er Potsdam und nach mehreren Erkundigungen fand er hier eine Herberge. Er erzählte dem Hausherrn eine Geschichte und bat darum, durch Arbeit in der Küche oder anderswo ein Nachtlager zu bekommen. Der willigte ein und so hatte Theo fürs erste sein Auskommen. Es war gewissermaßen eine bemerkenswerte Kariere. Vom Kosmonauten und Weltalleroberer, möglicherweise dem interessantesten

Menschen der Welt, zum Tellerwäscher. Er kann sich aber niemandem offenbaren, denn das würde keiner in dieser Zeit, verstehen. Womöglich würde er als Verrückter oder Krimineller verhaftet werden. Seine technischen Geräte waren nur teilweise über Langzeitbatterien nutzbar. Außerdem musste er sie vor anderen Menschen unter Verschluss halten. Über elektrischen Strom verfügte man noch nicht. Die Beleuchtung, sowohl draußen im öffentlichen Bereich als auch in den Gebäuden, war gasbetrieben.

Theo hatte große Probleme, sich diesen Gegebenheiten anzupassen. Dennoch versuchte er sich einzureden, den Geschichtsunterricht jetzt hautnah miterleben zu können. Er musste sich eine richtige Arbeit suchen und natürlich auch einen dauerhafteren Schlafplatz. Die wenige Freizeit, die ihm der Wirt einräumte, nutzte er für die Suche nach einer sinnvollen Beschäftigung. In einem Betrieb für Textilien suchten sie einen Kontrolleur, für die Frauenarbeiten. Theo bewarb sich hier und konnte gleichzeitig ein Zimmer auf dem Betriebsgelände aushandeln. Nach einer kurzen Einweisung war Theo ziemlich skeptisch. Die Frauen wurden hier richtig ausgebeutet. Die Löhne waren bei gleicher Arbeit um das Fünffache geringer als die der Männer. Dies trieb viele Frauen und Mädchen, wie Theo hinter vorgehaltener Hand mitbekam, in die Prostitution. Diese geschundenen Frauen auch noch kontrollieren und bei Unpässlichkeiten zu bestrafen, missfiel Theo sehr. Aber diese Zeit ist ja eigentlich längst abgelaufen und Gewesenes kann man doch nicht aufhalten, geschweige denn ändern, tröstete er sich. Er hatte sich hier nur als Außenstehender mit den gegenwärtigen Verhältnissen abzufinden. So versuchte er emotionslos seinen Auftrag zu erfüllen. Um diese Zeit besser zu verstehen, kümmerte er sich auch um politische Dinge.

2. Kapitel: Die Jahrhundertwende

Aus Sicht des sattelfesten Geschichtskenners für die Zeit ab 1850 sollte die folgende Beschreibung sicher viel ausführlicher beleuchtet werden. Für weniger geschichtsbewusste Leser kann dagegen etwas Nachhilfe nicht schaden:

1850 gab es durch die Revolution die erste Arbeiterorganisation. In Berlin wurde ein Arbeiterkongress berufen und ein sozialpolitisches Programm verabschiedet. Ein Teil der Forderungen wurde durchgesetzt, doch 1854 wieder aufgelöst. Theo musste unauffällig bleiben und seine Interessen im Hintergrund verfolgen. Als sogenannter „Sozi" hätte er seine Arbeit an den Nagel hängen können. Trotz der Unterdrückung der Arbeiterorganisationen und trotz staatlicher Verbote nach 1850 wuchs die Streikbereitschaft der Arbeiter.

Theo, jetzt im Jahre 1860, wurde auf der Straße angesprochen. Er kam gerade von der Arbeit und zwei Männer warben für einen Arbeiterverein. Theo äußerte sich, das überlegen zu wollen und hoffte, denen nicht noch mal begegnen zu müssen. Er wechselte seine Arbeit und fand, aufgrund seiner ungewöhnlich hohen Bildung, als Chefbuchhalter in einem Stahlbaubetrieb einen Job. Er verdiente gut und war gleichzeitig die zweite Hand des Chefs. Die tägliche Zeitung war für Theo eine willkommene Informationsquelle. So las er, dass sich Gewerkschaften gründeten und allgemeine, gleiche und geheime Wahlen, ebenso wie die politische Vertretung der Arbeiter in den Parlamenten gefordert wurden.

Die Jahre vergingen bis 1869 ohne besondere Vorkommnisse. Zu diesem Zeitpunkt wurde die Gewerbeordnung auf den Weg gebracht. Theo, wiedermal in die Zeitung vertieft, las etwas über die Bildung des deutschen Nationalstaates. 1871 begann man mit dem Aufbau reichsweiter Institutionen, so sollte eine umfassende, einfallsreiche und juristische Gesetzgebung erfolgen. Dieses gelang auch in den 1870er Jahren. Probleme bereitete allerdings der Reichskanzler Bismarck, der sogenannte Reichsfeinde ausgrenzte und verfolgte. Das hatte auch Auswirkungen auf Theos Verhalten. Er, immer mehr auf Seite der Arbeiter, durfte das nicht mehr nach außen tragen, auch wenn seine Stellung im Betrieb ein sicherer Hafen war. Sein politisches Interesse blieb aber ungebrochen. So informierte er sich über den Kulturkampf des Reichskanzlers mit der katholischen Kirche und deren politischen Vertretern. Von 1878 an galt das „Gesetz gegen die gemeingefährlichen Bestrebungen der Sozialdemokratie", was als „Sozialistengesetz", unter Mitwirkung von August Bebel und Wilhelm Liebknecht bekannt wurde. Diese Verordnung besagte, dass sozialistische und sozialdemokratische Aktivitäten außerhalb des Reichstags von da an verboten waren. 1.500 Personen wurden zu Gefängnis- oder Zuchthausstrafen verurteilt, etwa neunhundert Personen ausgewiesen.

Die deutsche Einheit blieb unvollständig und halbherzig. Diese Zeit bis 1890, bis zum Ende der besagten Gesetzgebung, erlebte Theo unbeschadet. Der Kaiser, Wilhelm II., stand mit Reichkanzler Bismarck wegen sozialer Meinungsverschiedenheiten in Konflikt. Als Folge wurde der Reichskanzler entlassen. Der Kaiser forderte das Verbot der Sonntags- und Nachtarbeit, der Arbeit unter Tage für Frauen und Kinder und das Arbeitsverbot für Schwangere drei Wochen vor und nach der Entbindung. Die Arbeitsordnungen in den Fabriken sollten nicht mehr einseitig von den Unternehmern erlassen, sondern gemeinsam mit Vertretern der Arbeiter formuliert werden. Dieses trug aber dennoch nicht zur großen Erleichterung der arbeitenden Bevölkerung bei. Die tägliche Arbeitszeit betrug durchschnittlich zehn bis elf Stunden bei sechs Arbeitstagen die Woche. Urlaub gab es kaum. Auch Theo musste sich mit diesen Arbeitsbedingungen für die Beschäftigten seines Betriebes gegen seinen Willen zufrieden geben. Unfallschutz und Löhne waren weitere Mängel. Die Wohnverhältnisse blieben katastrophal: Typisch für Ballungszentren wie Berlin waren Wohnblocks mit mehreren Hinterhäusern, die Arbeiterkinder mussten in tristen, dunklen Hinterhöfen spielen. Theo hätte so viel verändern können, doch alle Eingriffe hätten nur Unverständnis und eine ablehnende Haltung ausgelöst.

Sein Betrieb erfuhr eine größere Veränderung. Erste Elektrizitätswerke in Berlin ermöglichten die Stromversorgung von Betrieben und auch Haushalten. Endlich konnte Theo seine Geräte aufladen und ihre Betriebsfähigkeit prüfen. 1905 wurden durch die

Daimler-Motoren-Gesellschaft die ersten Kraftomni-
busse eingesetzt. Danach wurden die mit Pferden
gezogenen Busse allmählich verdrängt. Neun Jahre
später brach ein entscheidendes Ereignis über die Welt
herein: Der Erste Weltkrieg.

Er führte einen tiefgreifenden sozialen Wandel herbei
und veränderte das Leben sehr vieler. Einberufungen
zur Armee standen ins Haus und Theo bekam es mit
der Angst zu tun. Sein Aussehen würde ihn nicht vor
einer Einziehung bewahren, denn inzwischen verfügte
er über einen Pass und war folglich auch registriert.
Hätte ich doch nur mein Raumschiff, schoss es ihm in
den Kopf. Dann kam sein Einberufungsbefehl. Ältere
Männer bis neununddreißig mussten in die Landwehr
einrücken. Sie waren den regulären Militäreinheiten
gleichgestellt. Die Ausrüstung und Bewaffnung der
Landwehrinfanterie war in den Anfängen bis 1915
ziemlich mangelhaft, häufig wurden auch nur Piken
und Äxte als Waffen geführt und viele Soldaten hatten
keine Schuhe. Für Theo war es nicht ganz so tragisch.
Er trug einen blusenförmigen, blauen Uniformrock und
eine mohnrote Kopfbedeckung. Eine Hose und festes
Schuhwerk komplettierten die Ausstattung. Als einge-

stufter Reservist war er vorerst nicht für Kampfeinsätze vorgesehen. Das sollte sich aber bald ändern. Mit einer Lanze bewaffnet ging es mit vielen anderen Kameraden an die Front.

Theo und auch alle anderen Frontsoldaten empfanden den Krieg als „Käfig", aus dem es kein Entkommen gab. Die Technik dominierte den Krieg. Mit Maschinengewehren ausgerüstet, war deren Zuverlässigkeit und nicht der Mut oder die Tapferkeit in der Schlacht entscheidend. Meldungen über das breitgestreute Waffenarsenal wie Flugzeuge, U-Boote, Giftgas und Flammenwerfer sollten Stärke ausdrücken. Theo verstand es, sich aus allen gefährlichen Situationen weitestgehend rauszuhalten. Er war sogar nahe dran zu desertieren. Ein Schuss in den Oberschenkel brachte ihn von seinem Ansinnen ab. Schmerzerfüllt entnahm er sein mitgeführtes Verbandpäckchen zur Hand und bat einen Kameraden um Hilfe. Dieser wickelte einen Verband um den Schenkel und konnte so zunächst die Blutung stillen. Krankenträger brachten ihn in ein provisorisches, frontnahes Lazarett. Das Personal war hauptsächlich durch das Rote Kreuz gestellt. Eine Patrone, im

Fleischbereich sitzend, konnte ohne schwerwiegende Folgeschäden entfernt werden. Für Theo war dennoch der Krieg zu Ende und eine etwas umständliche Rückführung brachte ihn zurück nach Berlin.

Bei Kriegsende 1918 gab es in Deutschland rund 2,7 Millionen physisch und psychisch versehrte Kriegsteilnehmer. Der schreckliche Anblick von Entstellten und Verstümmelten mit Prothesen gehörte zum Alltag der Nachkriegszeit. Theo selbst kam für vier Wochen in ein Krankenhaus. Für die Ärzte war er ein Phänomen. Nur vorsichthalber hatte man ihn länger dabehalten, auch wenn die Heilung eigentlich schon nach vier Tagen abgeschlossen war. Notorische Fanatiker hätten ihn wieder sofort an die Front beordert. Nach seiner Entlassung begann er wieder in seinem Betrieb mit der Arbeit. Viele Arbeitsplätze blieben leer und wurden erst nach und nach, trotz hoher Arbeitslosigkeit, wieder besetzt. Der Krieg war verloren, der Kaiser hatte abgedankt und die junge Republik suchte nach Stabilität. Rosa Luxemburg, Karl Liebknecht und Wilhelm Pieck gründeten die KPD, konnten sich aber nicht durchsetzen. Der von ihnen in Teilen der Berliner Innenstadt sowie dem Zeitungsviertel initiierte Sparta-

kusaufstand im Januar 1919 wurde von regierungs-
treuen Freikorps-Einheiten blutig niedergeschlagen.
Die SPD ging aus den Wahlen zur Nationalversamm-
lung am neunzehnten Januar als stärkste Fraktion
hervor. Friedrich Ebert wurde zum Reichspräsidenten
gewählt und Luxemburg sowie Liebknecht von
Freikorpssoldaten der Garde-Kavallerie-Schützen-
Division im Tiergarten ermordet.

Es folgte die Inflationszeit, deren Ursache die
Finanzierung des Krieges durch Anleihen in den
Jahren 1914 bis 1918 und die Reparationszahlungen
an die Alliierten war. Im Jahre 1923 war der
Höhepunkt erreicht. Die Inflation verschärfte die
Gegensätze im Volk: wenige machten hohe Gewinne,
kleine Unternehmer gingen bankrott und Gehalts- und
Lohnempfänger gerieten in soziale Not. Das bekam
auch Theo, und vor allem die Angestellten, zu spüren.
Theo hatte jetzt mehr Zeit, und auch die Möglichkeit,
sich den angenehmeren Dingen in der inzwischen
größten Industriestadt Europas zu widmen. Bei einem
Besuch im Romanischen Café am Kurfürstendamm
begegnete er Bertolt Brecht und Erich Kästner. Bei
einer kurzen Unterhaltung war er nahe dran, seine

wahren Hintergründe preiszugeben, konnte sich aber noch zurückhalten. Auch für Intellektuelle wäre er nur als Aufschneider abgestempelt worden. Er sah sich den Flughafen Tempelhof nach seiner Eröffnung und später die Funkausstellung, sowie die „Grüne Woche" an. Auch im Varieté fand er Abwechslung.

Politisch stand Deutschland vor einem Wandel. Umso gewissenhafter und auch interessierter studierte Theo nun die Zeitungen. So hat er nach und nach all das miterleben können, was er vorher schon über die Geschichte Deutschlands gelernt hatte.

3. Kapitel: Das NS-Regime und die DDR

Auf Grund der Weltwirtschaftskrise formierte sich die NSDAP. 1928 sprach erstmals Adolf Hitler öffentlich im Berliner Sportpalast. Zum Ende der zwanziger Jahre gab es Straßenschlachten zwischen der nationalsozialistischen Sturmabteilung, kurz SA, und dem kommunistischen Roten Frontkämpferbund, kurz RFB. Dreißig Tote, zweihundert Verletzte und 1200 Inhaftierungen waren die Folge. 1932 gewann die NSDAP die Reichstagswahlen und 1933 wurde die Reichskanzlerschaft vom Reichspräsidenten Hindenburg an Hitler übertragen.

Mit der Machtübernahme wurden Kommunisten und Sozialdemokraten verhaftet. Gleiches folgte mit den Gewerkschaftsfunktionären, woraufhin die Gewerkschaften selbst aufgelöst wurden. Am 14. März stellte der preußische Innenminister und Ministerpräsident Hermann Göring (NSDAP) dem gewählten Oberbürgermeister Heinrich Sahm einen „Staatskommissar für die Hauptstadt Berlin" zur Seite, der die faktische Machtausübung in Berlin übernahm. Am 21. März wurde vor den Toren der Stadt, in Sachsenhausen bei Oranienburg, für die inhaftierten Gegner des Regimes das erste Konzentrationslager im Berliner Raum eröffnet. Am ersten April fanden in Berlin die ersten organisierten Boykottaktionen gegen jüdische Geschäfte, Ärzte und Rechtsanwälte statt. Die Reichsregierung erklärte am 10. April 1933 den 1. Mai zum "Feiertag der nationalen Arbeit". Am 10. Mai veranstalteten die Nationalsozialisten „wider den undeutschen Geist" eine Bücherverbrennung auf dem Platz vor der Alten Bibliothek. Alle gewählten Gremien der Stadt wurden aufgelöst. Die Verwaltung wurde „gleichgeschaltet": Rund 1300 Beamte, jeder dritte Angestellte und jeder zehnte Arbeiter wurden entlassen. Im Dezember 1935 trat der nur noch formal amtierende Oberbürgermeister Heinrich Sahm zurück.

Am 22. März 1935 startete in Berlin das erste öffentliche Fernsehprogramm der Welt. 1936 fanden vom ersten bis sechzehnten August die Olympischen Sommerspiele in Berlin statt. Für diese Zeit wurde die Stadt von antijüdischen Plakaten und Hetzparolen gesäubert. 1937 nahm Theo am siebenhundertjährigen Stadtjubiläum teil. Mit der Annexion Österreichs am 12.März 1938 wurde Berlin Hauptstadt des „Großdeutschen Reiches". Am 9. November setzten SA- und SS-Männer in der so genannten "Reichskristallnacht" neun der zwölf Berliner Synagogen in Brand, plünderten jüdische Geschäfte und terrorisierten zahlreiche jüdische Bürger. Die rund 1.200 Verhafteten wurden zumeist in das Konzentrationslager Sachsenhausen deportiert. Von den 1933 in Berlin lebenden 160.000 Juden können bis 1941 etwa 90.000 ins Ausland emigrieren, mehr als 60.000 kommen bis zum Kriegsende in den Konzentrationslagern der Nationalsozialisten ums Leben oder wurden ermordet. Rund 1.400 Juden überlebten im Untergrund. Am ersten September 1939 erklärt Deutschland Polen den Krieg und Berlin wird Ausgangspunkt des Zweiten Weltkriegs. 1940, im August, bombardieren erstmals gegnerische Luftstreitkräfte die Stadt. Theo hatte Glück, nicht auch in diesen Krieg mit hineingezogen zu werden. Sein Alter in den Papieren konnte ihn schützen.

Am 15. September wurde Theos Opa geboren. Theo nahm sich vor, vorsichtig den Geburtsort aufzusuchen. Auch hatte er sich informiert, welche Gegenden Berlins im Zweiten Weltkrieg ziemlich unbeschadet blieben. Sein Zimmer auf dem Betriebsgelände hatte er mit der Begründung, sich etwas Größeres suchen zu wollen, aufgegeben. Tatsächlich resultierte sein neuer Wohnortwechsel aus der gefährlichen Lage seines Betriebes: Hier würden Bomben ihr Ziel erreichen. Aber wem sollte er das erzählen? Er könnte Leben retten. Es fällt ihm schwer, nicht handeln zu können. Vor dem Haus seiner nie gekannten Urgroßeltern stand ein Kinderwagen. Eine junge Frau trat aus der Haustür und Theo sagte: „Sie haben aber ein süßes Baby", wie heißt es denn"? Die junge Frau erwiderte: „Adolf" und machte dabei einen stolzen Eindruck. Theo war sich ziemlich sicher, mit seiner Urgroßmutter gesprochen zu haben. Sein Urgroßvater, wie er wusste, war im Krieg gefallen. Davon schien sie noch nichts zu wissen.

Am zwanzigsten Januar des Jahres 1942 wurden in einer SS-Villa am Wannsee, auf der so genannten „Wannsee-Konferenz", die organisatorischen Maß-nahmen zur „Endlösung der Judenfrage", der indust-riemäßigen Vernichtung der europäischen Juden beschlossen. Nach der katastrophalen Niederlage der deutschen Armee bei Stalingrad im Januar 1943 proklamiert Reichpropagandaminister Joseph Goebbels am achtzehnten Februar im Berliner Sportpalast den „Totalen Krieg". Im Herbst begannen die anglo-amerikanischen Streitkräfte mit großräumigen Flächenbombardements der Stadt. Bis zum Kriegsende werden rund eine Million Einwohner evakuiert werden, mehr als 50.000 verlieren ihr Leben. Am zwanzigsten Juli 1944 scheiterte der Attentatsversuch Obersts Claus Schenk Graf von Stauffenberg auf Adolf Hitler. Massenhafte Verhaftungen und standrechtliche Hinrichtungen waren die Folge.

Insgesamt wurden bis rund 2.500 Todesurteile vollstreckt. Am 21. April 1945 überschreitet die Rote Armee erstmals die Stadtgrenze Berlins. Die „Schlacht um Berlin" begann. Sie endete mit dem Selbstmord Hitlers am dreißigsten April und der Einstellung aller Kampfhandlungen der deutschen Wehrmacht in Berlin am zweiten Mai. Für Berlin war mit der Kapitulation vor Vertretern der Alliierten der Krieg beendet. Weite Teile Berlins waren als Trümmerlandschaft hinterlassen worden. 600.000 zerstörte Wohnungen und von vormals 4,3 Millionen Einwohnern lebten noch 2,8 Millionen in der Stadt. Entsprechend der Vereinbarung der Alliierten wurde die Stadt in vier Sektoren aufgeteilt und gemeinsam von den Besatzungsmächten -den Vereinigten Staaten von Amerika, Großbritannien, Frankreich und der Sowjetunion - verwaltet. Zunehmende Interessengegensätze der Siegermächte zur Nachkriegsordnung Europas und insbesondere Deutschlands führten in der Zeit von 1946 bis 1949 zum Scheitern der gemeinsamen Verwaltung der Stadt durch die Alliierten. Berlin entwickelte sich zum Brennpunkt des „Kalten Krieges". Der unter anderem durch Streitigkeiten um die Währungsreform ausgelösten Blockade der Westsektoren von Juni 1948 bis Mai 1949 durch die Sowjetunion begegneten die westlichen Alliierten mit der Luftbrücke, der bis dahin beispiellosen Versorgung einer ganzen Stadt aus der Luft. Aus den westlichen Siegermächten wurden Schutzmächte und Freunde. Mit der Blockade endete auch die gemeinsame Verwaltung Berlins. Wegen zunehmender Störungen durch Parteigänger der SED verlegte die Stadtverordnetenversammlung ihre Tagungen am sechsten September in den Westteil der Stadt. In Ost-Berlin bildete sich daraufhin am 30. November ein eigener, von der SED dominierter Magistrat unter Oberbürgermeister Friedrich Ebert Junior. Damit war die Spaltung der Stadtverwaltung vollzogen. Mit der Staatsgründung der Deutschen Demokratischen Republik in der Ostzone am 7. Oktober 1949 wurde Ost-Berlin zur „Hauptstadt der DDR". In der Folge wurden beide Stadthälften eng in die jeweiligen Gesellschaftssysteme ihrer Führungsmächte einge-bunden.

Theo, im östlichen Teil Berlins lebend, musste die traurige Sprengung des Berliner Stadtschlosses mit ansehen. Es war ein Symbol des „preußischen Feudalismus", das getilgt werden sollte. Gegenwärtig war Theo arbeitslos, kümmerte sich aber um Aufbauleistungen der Stadt. Sein alter Betrieb bestand nur noch aus Schutt und Geröll. Theo zog aus mehreren Gründen in den Westteil der Stadt: Zum einen mit dem Wissen um die spätere Mauer und zum anderen wegen der Wohnsitze seiner Verwandten. Sein Umzug bestand nur aus dem Mitführen seiner Raumfahrtgeräte. Er fand wieder Arbeit, als Buchhalter in einem metallverarbeitenden Betrieb.

Nach und nach komplettierte er die Ausrüstung seiner Wohnung. In den Nachrichten verfolgte er den Volksaufstand am 17. Juni in der DDR. Es wurden die Abschaffung der SED und freie Wahlen gefordert. Sowjetische Truppen schlugen den Aufstand gewaltsam nieder.

Theo hatte sich schon öfter in Nähe der Wohnung seines Großvaters aufgehalten. Auf dem Briefkasten konnte er sich von der Echtheit überzeugen. Seiner Urgroßmutter, inzwischen merklich gealtert, ging er aus dem Weg. Sie würde ihn sofort wieder erkennen, denn er hat sich kaum verändert. Nach seiner Berechnung wäre er jetzt in etwa 176 Jahre alt, allerdings war die Zeit am Schwarzen Loch nicht feststellbar. Seinen Großvater hatte er noch nicht zu Gesicht bekommen. Dafür wollte er sich auch noch Zeit lassen. Zunächst interessierten ihn die Anfänge der Raumfahrt. Nach dem ersten Sputnik der Russen folgte 1961 der erste Kosmonaut Juri Gagarin mit anderthalb Erdumrundungen. Die Amerikaner machten mit Apollo 1 bis 10 unbemannte Testflüge zum Mond. Mit Apollo 11 betrat als erster Mensch Neil Armstrong am zwanzigsten Juli 1969 den Mond. Weitere Apolloflüge, mit Mondlandungen von Astronauten, und auch einem Mondauto, folgten bis 1972. Diese Übertragungen im Fernsehen in der Gegenwart zu verfolgen, war für Theo viel intensiver, als das aus Geschichten zu erfahren. Auch im Allgemeinen ging es ihm gut. Die Arbeit, mit neuer Funktion als Prokurist, verhalf ihm zu einem guten Verdienst, einer schönen Wohnung und zur Ausgeglichenheit.

In den Folgejahren bis 1980 hatte Theo sich weiterhin nicht öffentlich mit Menschen getroffen. Gespräche verliefen nur im Betrieb und gelegentlich mit Mietern in seinem Wohnhaus. Es fiel ihm auf, dass einige Mitarbeiter ihn manchmal seltsam ansehen. Eine Kollegin wagte ihn humorvoll anzusprechen: „Sie werden ja eher jünger, was von uns keiner sagen kann. Wie machen Sie das nur"? Theo lügt: „Das ist nur äußerlich, gesundheitlich habe ich auch meine Probleme". Lange geht das nicht mehr gut, dachte er dann. Beim nächsten Spaziergang, in Richtung der Wohnung seiner Großeltern, erkannte er schon aus der Ferne die ganze Familie. Großvater und Großmutter mit Kind Klara, seiner späteren Mutter, gingen Hand in Hand die Straße entlang. Für Theo war das ein sonderbares Gefühl. Er blieb auf der gemeinsamen Straßenseite und wollte sie sich aus der Nähe ansehen. Kurz vor der Begegnung gingen sie in ein Geschäft hinein. Theo folgte ihnen und hatte jetzt genügend Zeit sich seine „Lieben" anzusehen. Klara war ein wenig unruhig und fragte ihre Mutter schon nach draußen gehen zu dürfen. Die ließ es zu und Klara, vielleicht neun oder zehn Jahre alt, hüpfte auf den Platten des Bürgersteigs hin und her. Plötzlich stolperte sie und fiel unsanft hin. Theo, der ebenfalls, hinter Klara, auf der Straße war, hob sie auf und fragte, ob sie Schmerzen hat. Klara, mit Tränen in den Augen, sagte: „Nicht so schlimm" In diesem Moment kamen die Eltern heraus. Der Großvater wetterte, an Theo gerichtet, gleich los: „Was haben Sie mit meiner Tochter gemacht?" Klara antwortete für Theo: „Der Mann hat mich nur aufgehoben. Ich bin beim Springen hingefallen". Darauf entschuldigte sich der Großvater und lud Theo zu einem Glas Bier ein. Dieser lehnte dankend ab und verabschiedete sich, von der ganzen Familie, per Handschlag. Nach einem guten Jahr entnahm Theo der Zeitung, dass seine Urgroßmutter verstorben sei. Theo bereitete sich auf die Beerdigung vor. Ein schwarzer Anzug und Hut sollten sein Aussehen verändern. In der Kirche nahm er in den hinteren Bänken Platz. Bis auf seine Großeltern kannte er niemanden. Väterlicherseits konnte niemand erscheinen. Vater war ein Findelkind und in einem Heim aufgewachsen. Theo, als Atheist, konnte dem Pfarrer nicht viel abgewinnen. Die Lebensstationen seiner Urgroßmutter waren zwar interessant gewesen, waren in der Rede aber seiner Meinung nach leider zu kurz gekommen.

Mitte der achtziger Jahre wurden Lockerungen zwischen der DDR und der BRD sichtbar. Städtepartnerschaften wurden gebildet. Später entwickelten sich Unruhen, die sich in Montagsdemonstrationen ausdrückten. Letztendlich wurde durch die friedliche Revolution in den Jahren 1989 und 1990 der Beitritt der Deutschen Demokratischen Republik (DDR) zur Bundesrepublik Deutschland (BRD) am 3. Oktober 1990 besiegelt. Theos Höhepunkt war die Maueröffnung am 9. November 1989 in Berlin.

4. Kapitel: Theo taucht wieder auf

Die Einigung Deutschlands, jetzt ohne innere Grenzen, führte zu einer kleinen Massenwanderung von Ost nach West. Vor allem aus strukturschwachen Regionen verließen junge Menschen die Heimat. Theo nutzte die Grenzöffnung, um in Berlin die alten bekannten Gegenden aufzusuchen. Auch in Ostberlin hatte sich einiges getan. Das Stadtzentrum um Alexanderplatz und Marx-Engels-Platz wurde repräsentativ ausgebaut. Es entstanden das Haus des Lehrers, die Kongresshalle, der Fernsehturm, das Centrum Warenhaus und das Hotel „Stadt Berlin", sowie das Staatsratsgebäude und Außenministerium. Auf dem Platz seines alten Betriebes standen jetzt zwei Wohnhäuser.

Theo, eigentlich der älteste Mensch auf der Erde, aber als Vierzigjähriger vermutet, genoss jetzt mehr das kulturelle Leben in seiner pulsierenden Stadt. Museen, Sinfoniekonzerte, aber auch Sportveranstaltungen galten seinem Interesse. Hin und wieder hielt er sich auch in Nähe seiner Großeltern auf. Mit etwas Glück konnte er seine Mutter, vor dem Wohnhaus seiner Großeltern, bemerken. Sie unterhielt sich mit der

Großmutter, die aus dem geöffneten Fenster im zweiten Stock schaute. Anschließend ging sie, inzwischen zu einer gutaussehenden jungen Frau herangewachsen, alleine in Richtung Stadtzentrum. Theo verfolgte sie im entsprechenden Abstand und wurde dann Zeuge, wie ein junger Mann sie mit einem Küsschen begrüßte. Sein Vater konnte es nicht sein. Der war viel größer und sah auch sonst anders aus.

Einige Jahre später, am 2. Januar 2000, dem Tag seiner Geburt, fühlte er sich irgendwie unwohl. Schon lange hat er sich damit beschäftigt, wie es sein kann, zweimal auf der Welt zu sein. Doch die andere Variante, sich in ein Baby zu verwandeln, ist noch unwahrscheinlicher. Theos Neugierde stieg. Er versuchte die Eltern mit sich selbst in der Gegend seiner Großeltern abzupassen. Viele dieser Anläufe blieben erfolglos. Die hätten bestimmt eine eigene Wohnung und würden hier nur für einen Besuch bei den Großeltern anzutreffen sein. Ein guter Monat Detektivarbeit musste herhalten, bis er seine Eltern und sich als Baby zu Gesicht bekam. Beim Vorbeigehen erkannte er seine Eltern. Er dachte, so jung hätte mir meine Mutter auch gefallen. In größerem Abstand ging er ihnen hinterher. Vor einem Geschäft machten die Eltern halt, gingen hinein und ließen den Kinderwagen draußen stehen. Theo wagte einen Blick in den Wagen und schaute sein zweites „ich" an. Die Eltern standen plötzlich vor ihm. Theo sagte; „Das ist aber ein süßes Baby. Ist das ein Junge?" „Ja" sagte die Mutter und der Vater mischte sich ein: „Sie sind wohl ein Babynarr, oder wie"? Theo sagte nichts mehr und machte sich davon. Er hatte alles, was er wollte, erreicht. Doch das Ereignis ließ sich nicht aus dem Kopf drängen. Er stellte sich die weitere Entwicklung vor: In dreißig Jahren werden das Baby und ich etwa gleich aussehen und wie geklont gegenüber stehen. Er wird meine Frau kennenlernen und im Jahr 2030 ins Weltall fliegen. „Wiederholt sich dann meine Tour nochmal?", ließ Theo seine Gedanken spielen.

Er kam nicht mehr davon los. Wie sollte er einen Weltraumflug erklären, der eigentlich noch gar nicht begonnen hatte? Selbst wenn der erneute Start vollzogen ist, kann er nicht gleichzeitig im All und auf der Erde sein. Die Aufnahmen in seinen Geräten könnten zur Aufklärung beitragen. Bestimmt würde ihm keiner glauben. Oder doch? Er war sich unschlüssig und grübelte weiter. Er erinnerte sich, vor seinem Abflug auch über die Vergangenheit gesprochen zu haben. Man sprach von einer Parallelwelt, das hieße auch, dass man nicht in sein eigenes „Ich" zurückfinden würde. Was mache ich später mit meiner Frau, schoss es im durch den Kopf. Sie war damals einundzwanzig, als er sie kennengelernt hatte. Wie sollte er sie mit vierzig nochmal kennenlernen? Theo entschied sich, erst nach dem Flug seines zweiten „Ichs" ins Weltall seine Rückkehr anzukündigen. Hoffentlich würde seine Frau dann keinen Schock bekommen. Für sie wird es besonders schwer werden, das zu verkraften.

Der kleine Theo war inzwischen fünf Jahre alt und konnte sich langsam auf die Schule vorbereiten. Theo konnte sich ab dieser Zeit erinnern und wusste genau, wie sich sein Leben abgespielt hatte. Alles was er erlebt hatte, konnte er jetzt stichprobenartig beim kleinen Theo nachempfinden. Zum Beispiel war er am 29. Mai 2006 mit dem Kinderfahrrad gestürzt und hatte sich am Handgelenk und beiden Knien verletzt. Sollte sich diese schlimme Situation wiederholen? Ort, Zeit und Bestimmung nahm er wahr und sah sich dieses Ereignis wie im Film noch mal, mit dem kleinen Theo, an. In ähnlicher Weise hat er weitere Erlebnisse, seine erste Liebe und später seine Hochzeit wiederholen lassen. Er verstand es immer dabei, seine äußere Erscheinung verdeckt zu halten.

Während eines Bummels durch die Stadt sah er auf der anderen Straßenseite seine Frau Hella alleine sparzieren gehen. Er schaute kurz weg und richtete seinen Kopf wieder geradeaus, als sie vorbei war. Auch wenn er jetzt älter erschien, musste er vorsichtig sein. Der junge Theo ist während dieser Zeit im Europäischen Astronautenzentrum bei Köln, für die Vorbereitung des Marsfluges, tätig. Da hätte er sich auch gerne die damaligen Strapazen noch mal ange-sehen, doch ohne Legitimation kam man nicht rein. Auch wenn er diese hätte, würde ja alles auffliegen.

Theo versuchte jetzt mehr Abstand zu seinem zweiten „Ich" zu halten und sich mehr seiner Arbeit zu widmen. Mit Dienstreisen, Vorträgen und Publikationen war er in den nächsten Jahren weitest-gehend ausgelastet. Der Betriebsleiter, inzwischen ergraut und mit zweiundsiebzig Jahren schon das Rentenalter überschritten, übertrug Theo die Geschäftsführung. Er sagte: „Ich weiß nicht, wie Sie das machen, Ihre Rüstigkeit und jugendliche Frische sind mir ein Rätsel. Wie dem auch sei, Sie sind mein Nachfolger". Theo war das gar nicht recht, doch nach reiflicher Überlegung stimmte er zu. Er hatte jetzt alle Fäden in der Hand und konnte die Leute so einsetzen, dass für ihn genügend Freiräume blieben.

Der Tag der Tage rückte immer näher und der Weltraumflug zur Milchstraße stand kurz bevor. Hella, Theos Frau, der Chef der Weltraumbehörde mit seinen Mitarbeitern, alle bisherigen Astronauten und geladene Gäste, sowie Funk und Fernsehen weltweit, waren beim Start zugegen. Theo hatte sich abseits positioniert. Bis auf ihn, hat sich alles wie zu seinem Flug zugetragen. Er ließ einige Wochen verstreichen, bis er seine Rückkehr bekannt gab. Die Weltraumbehörde empfing ihn mit misstrauischen Blicken. Seine Erklärungen reichten nicht aus, diese auszumerzen. Erst seine Videoaufzeichnungen und Bilder überzeugten sie allmählich. Für Theo wurde ein offizieller Empfang vorbereitet. Seine Familie sollte schonend, teils auch psychisch, darauf vorbereitet werden. Noch vor dem Empfang trafen sie sich. Hella standen die Tränen in den Augen. Sie begrüßte Theo mit einem halbherzigen Kuss. Auch die Eltern waren zuvor etwas skeptisch, doch als sie ihren älter erscheinenden Sohn erkannten, begrüßten sie ihn herzlich.

Theo im Weltall zu wissen und gleichzeitig ihn hier zu begrüßen, war einfach zu viel für Hella. Ihre Gefühle fuhren Achterbahn. Sie hat lange gebraucht, zu verstehen, dass ihr Theo, der vor kurzem gestartete Theo, auf die gleiche Weise zur Erde zurückkommen wird. Er wird derselbe sein wie jetzt. Für sie gibt es keine Wiederholung, es bleibt für sie *ein* Leben. Schwer zu verstehen. Der Weltraum wird uns noch viel abverlangen. Theo fasste Hella an der Hand und diese Berührung wirkte auf sie beruhigend. Doch Theo wäre nicht Theo, wenn er nicht, wenn er sich was nicht erklären kann, grübeln müsste. Hella hatte doch schon ein Leben ohne ihn gehabt. Die einzige Erklärung wäre, dass sich alle 235 Jahre alles wiederholt, aber Hella, nach dem ersten Start, ein anderes Leben geführt haben muss, ohne sich jemals daran erinnern zu können. Eine zweite Möglichkeit gäbe es, wenn er sich nicht mehr mit Hella in Verbindung gesetzt hätte. Theo war mit seinem Latein am Ende.

Der offizielle Empfang begann. Alles wurde auch noch auf einer extern angebrachten großen Leinwand für zusätzliche Besucher übertragen. Nach den einführenden Worten des Verantwortlichen der Weltraumbehörde wurde Theo auf das Podest geführt. Mit seinen Video- und Fotoaufnahmen unterstützend, trug er seine Erlebnisse aus dem Weltall vor. Es gab kaum einen Menschen auf der Welt, der sich diesen Vortrag entgehen ließ. Gute zwei Stunden reichten gerade einmal, um die wichtigsten Situationen zu schildern. Späteren Pressekonferenzen, Vorträgen in Universitäten und vielen anderen Institutionen, konnte sich Theo nicht entziehen. Seinen Job musste er aufgeben. Er war jetzt für Jahre mit seiner Sensationsberichterstattung ausgelastet.

Nach mehreren Jahren erhielt Theo einen dringenden Anruf. Ein Gemeindevertreter südlich von Berlin sprach von Außerirdischen, die auf seinem Feld gelandet seien. Sie hätten Theo angefordert, mit einem Bild und geschriebenen Text auf einem Gerät. Gleichzeitig wurde ihm verboten, sagte er, weitere Informationen zu verbreiten. Theo war mit seinem Auto schnell zur Stelle. Die Aliens begrüßten ihn wie einen alten Bekannten. Theo erklärte ihnen, dass durch ihn die Menschen über sie Bescheid wüssten. Sie wären herzlich eingeladen, und er bat sie, in sein Auto zu steigen. Theo rief den Sicherheitsdienst an und regelte die Bewachung des diskusförmigen Raumschiffes. Der Gemeindevertreter erhielt noch einmal Order, sich ruhig zu verhalten. Die Aliens nahmen die Einladung an und Theo informierte das Empfangskomitee für besondere Gäste im Ministerium. Die Aliens, bereits durch Theo geschult, verstanden die deutsche Sprache. Ihre singenden Wortlaute unterließen sie und kommunizierten über ihr Sprachgerät. Die Gespräche waren für die Verantwortlichen im Ministerium außergewöhnlich interessant. Sie erhielten die Bestätigung, dass es sich hier um hochentwickelte Lebewesen handelt. Man einigte sich, nach einem längeren Austausch, auf eine Art Völkerverständigung. Das hieß, gegenseitige Besuche zu ermöglichen und einen Erfahrungsaustausch zu pflegen. Anschließend hatte man eine Führung im Regierungsviertel unternommen. Das Angebot, ihnen die Stadt zu zeigen und auch Sehenswürdigkeiten näher zu bringen, lehnten sie dankend ab. Das wollen sie sich mit einem nächsten Besuch, mit offiziellen Vertretern ihres Planeten, vornehmen. Sie verabschiedeten sich dankend und ließen sich von Theo zurück zu ihrem Raumschiff bringen. Ein langer Händedruck zwischen ihm und den Aliens drückte die besondere Verbundenheit aus. Die ersten Freunde aus dem All schwebten dann davon.

Hella hat zur Liebe mit Theo zurückgefunden, Der Rummel um ihn hatte, nach einigen Jahren, merklich nachgelassen. Nur noch sporadisch waren Auftritte erforderlich. Er hatte jetzt mehr Zeit für Hella und so blieben gemeinsame Unternehmungen nicht aus. Die schönen Jahre wurden mit der Zeit ein wenig getrübt. Hella war mittlerweile gealtert und Theo wirkte neben ihr wie ein junger Liebhaber. Die Eltern waren inzwischen verstorben. Theo machte sich langsam Gedanken für seine Zukunft. Er wusste, dass nur er diese Stammzellenerneuerung für ein langes Leben, und das auch nur wegen seiner Weltraumforschung, erhalten hatte. Dieses Wissen unterlag der absoluten Geheimhaltung. Nicht mal Hella war hier eingeweiht. Theo entschloss sich, sich wieder für einen Start in den Weltraum vorzubereiten. Nach Rücksprache mit der Weltraumbehörde würde er in einem Jahr, mit einem neuentwickelten Raumschiff, die Welt erobern können, zuvor war ein Eingewöhnungstraining unabdingbar. Hella war nicht begeistert. Ihr Misstrauen hatte von Jahr zu Jahr wieder zugenommen. Ihren Mann nicht altern zu sehen, war für sie unbegreiflich. Theos Erklärung, der Weltraumflug hätte diesen Einfluss auf seinen Körper gehabt, beruhigte sie kaum. Das Spannungsfeld, das sich zwischen ihnen aufbaute, trug wenigstens zur leichteren Trennung bei. Im Jahr 2050 startete Theo erneut und nahm sich vor, sich neuen Herausforderungen zu stellen. Aus ein mach zwei, sagte sich Theo, denn schließlich waren damit ja zwei von ihm im All.

III. Teil: Zurück ins Weltall

1. Kapitel: Die Vogelmenschen

Sein neues Raumschiff, in der Vergangenheit noch als Science-Fiction bekannt gewesen, war jetzt mit einem Warp-Antrieb ausgerüstet. Darunter versteht man einen Antriebsmechanismus, der Reisen mit Überlichtgeschwindigkeit durch gezieltes Krümmen der Raumzeit ermöglicht. Das Raumschiff hatte die Form eines Balls und war von einem großen Ring, ähnlich wie ein Schwimmring, umgeben. Dieser Ring, der aus einem speziellen Material bestand, krümmte die Raumzeit um das Raumschiff. Vor dem Schiff wurde die Raumzeit zusammengezogen, dahinter wieder ausgedehnt. Für das Schiff selbst, innerhalb des Rings, blieb die Raumzeit normal. Raumschiff und Ring wurden durch ein Magnetfeld zusammengehalten.

Lande- und Startmanöver auf Planeten waren vereinfacht worden. Das heißt, bis auf einen Erstbefehl liefen alle Handlungen vollautomatsch ab. In Sonderfällen konnte auch manuell gesteuert werden. Im Raumschiff waren viele Neuerungen berücksichtigt worden. So unter anderem bezüglich der psychischen und physischen Belastungen, der medizinischen Versorgung, dem Schutz vor Strahlung und anderen Gefahren, sowie lebenserhaltenen Einrichtungen.

Theo flog diesmal mit der Mission, in die Zukunft zu reisen. Wieder würde auf der Erde ein viel längerer Zeitraum verstreichen als die Reisedauer des Raumschiffes in Anspruch nehmen würde. Denn schon auf der Erde vergeht die Zeit etwa auf einem hohen Berg geringfügig schneller als auf Meereshöhe. Dieses Phänomen ließe sich als Zeitreise in die Zukunft interpretieren.

Theo, gewohnt alleine zu fliegen, lehnte die Mitnahme eines zweiten Astronauten ab. Ob knifflige Entscheidungen oder gegenseitige Rücksichtnahme der Grund waren, ließ er sich nicht entlocken. Außerdem hatte er sich mit seiner Erfahrung von keinem reinreden zu lassen, so seine Meinung. Ein letzter Gruß an die Erdbevölkerung - im wahrsten Sinne des Wortes, denn nach seiner Rückkehr wird keiner mehr von ihnen leben. Das Raumschiff hob ab und nach Erreichen, dann Verlassen der Umlaufbahn wurde die Geschwindigkeit kontinuierlich erhöht. Er erreichte zwar nicht einmal die Höchstgeschwindigkeit, doch durch die Krümmung der Raumzeit hatte er in wenigen Monaten die Milchstraße erreicht. Auf der Erde waren inzwischen so viele Jahre vergangen, dass die meisten Menschen, die seinen Start verfolgen konnten, nicht mehr lebten.

Theo drang jetzt viel weiter in das All ein. Andere Galaxien, mit noch größeren Ausmaßen, eröffneten sich. Er schaute wieder nach günstigen Planetenkonstellationen und wurde, glaubte er, fündig. Nach einigen Vermessungen stellte er riesige Planeten, bis zur zwanzigfachen Größe der Erde fest. Selbst einige Monde waren größer als die Erde. Er musste sich nach neuen Himmelskörpern umsehen. Ein weiteres Jahr Flugzeit bescherte ihm eine völlig neue Sternenwelt. Eine Verdichtung von Himmelskörpern, die man sich gar nicht vorstellen kann. Sonnen, Planeten und Monde, ähnlich gedrängt wie eine Menschenansammlung im Fußballstadion. Nach einem weiteren Monat Flugzeit wurden allmählich die

Abstände der Sterne zueinander größer. Theo drosselte ein wenig die Geschwindigkeit, um sich besser auf Planetenkonstellationen konzentrieren zu können. Er machte Fotos, um diese den Menschen bisher vorenthaltene Sternenhäufung festzuhalten. Mehrere Sonnensysteme, für Weltallverhältnisse ungewöhnlich, waren mit einem Blick erkennbar. Theo steuerte das erste System an und erkannte nach weiterer Näherung mehrere günstige Planeten. Von intelligentem Leben, dachte er, kann man nur bedingt ausgehen. Sonst hätten schon andere Aliens der Erde einen Besuch abgestattet.

Er erreichte die Umlaufbahn des ersten für ihn interessanten Planeten. Nach einigen Umdrehungen konnte er sich ein Bild über mögliches Leben machen. Grünzonen und Meere waren deutlich zu erkennen. Dieser Planet war fast gleich groß wie die Erde. Vollautomatisch ließ er einen möglichen Landeplatz ansteuern:

Das Raumschiff konnte mittels Sensoren, eine günstige Landeebene ausmachen. Nach dem Aufsetzen schaltete sich das Magnetfeld ab und der Ring ruhte um das Raumschiff, mit dem er, mit kaum sichtbaren Seilen, verbunden ist. Mögliche Beobachter hätten das von oben kommende Raumschiff als ein saturn- ähnliches Bild wahrgenommen. Sauerstoffgehalt, atmosphärische Bedingungen, Temperatur dreißig Grad Celsius und Sonnenschein luden zum Verweilen ein. Doch Theo traute seinen Augen nicht. Roboterar- tige Wesen näherten sich dem Raumschiff. Wie konnte das sein? Leben aus Metall ist nicht vorstellbar!

Er trat vor die Schleusentür und rief: „Wer seid Ihr"? Eine hallende Stimme antwortete etwas Unverständli- ches für Theo und einer der Roboter näherte sich dem Raumschiff. Theo machte auch einen Schritt nach vorne und sah dann, dass sich im Hintergrund kaum beschreibbare Kreaturen zeigen. Die Roboter schienen eine Art Vorhut zu sein. Theo nahm sein Lasergerät, walnussgroß, in die Hand und näherte sich dem ersten Roboter. Der blieb stehen, und erst als Theo an ihm vorbei ging, drehte dieser sich um und verfolgte ihn. Es dauerte nicht lange und Theo war von Robotern umgeben, eingekesselt. Erst jetzt näherten sich die Kreaturen.

Was Theo da zu Gesicht bekam, waren Wesen, halb Vogel, halb Mensch. Der Kopf war mit Federn besetzt, das Gesicht hatte Augen und Mund, ähnlich wie beim Menschen, anstelle der Nase hob sich aber ein Rauvogelschnabel ab. Der Körper, in menschlicher Gestalt, war mit kleinen Federn besetzt. Die Arme waren Flügel, mit Händen an der Innenseite. Die Beine bis zum Fuß waren kräftig, auch wie beim Menschen, nur alles mit kleinen Federn bedeckt. Sicher war das eine besondere evolutionäre Entwicklung. Theo musste diesen Spezies allerdings eine gewisse Intelligenz zutrauen, denn Roboter baut man nicht einfach so. Also versuchte er, mit Gestik und warmen Worten, etwas Vertrauen aufzubauen.

Wieder hörte er einige nachhallende Töne. Wie auf Kommando zogen sich die Roboter zurück. Ein federbesetztes, menschengroßes Geschöpf kam auf Theo zu. Es streckte seine Hand unter dem Flügel vor und Theo drückte sie erleichtert mit der seinen. Sein Gegenüber zeigte auf das Raumschiff. Theo zeigte zwei Finger an, was heißen sollte, mehr als zwei Personen konnte er nicht hereinbitten. Man verstand ihn, und ein weiterer Bewohner gesellte sich dazu.

Theo ließ sie vorsichtig über den Ring steigen und zeigte ihnen das Raumschiff. Als er ihnen auf einer Karte die Erde zeigte und die Entfernung von Lichtjahren erklärte, waren die Gäste erstaunt. Ähnlich wie beim Menschen konnten sie Emotionen mit dem Gesicht ausdrücken. Trotzdem war sich Theo nicht darüber im Klaren, ob sie ihn wirklich verstanden hatten. Das Interesse der Gäste allerdings war groß. Es dauerte eine ganze Weile, bis sie das Raumschiff wieder verließen. Mittlerweile hatten sich mehrere hundert Personen vor dem Raumschiff eingefunden. Weitere Besucher waren nicht in Theos Sinne. Das bemerkte der ihm zuerst Begegnete und wies die Rückkehr der vielen Bewohner an.

Die gehorchten, und Theo schien es, als hätte diese Person wohl das Sagen. Sie luden mit Gesten Theo zu sich ein. Drei Roboter mit Einsitzer-Wagen wurden per Befehl herbeigerufen. Theo und seine Besucher nahmen je in einem der Wagen Platz und im Schritttempo ging es zum, mit Spannung erwarteten, Ort dieser Bewohner. Nach dem Durchqueren eines kleinen Waldes erschlossen sich Theos Blickfeld viele reetgedeckte Häuser, beidseitig feldwegartiger

Straßen. Die Häuser waren alle gleich groß. Zwei reetgedeckte Hallen waren die Ausnahme. Theos beide Betreuer zeigten ihm die Hallen.

Eine Halle beherbergte den metallverarbeiteten Teil und die andere Baustoffe für die Häuser. Man zeigte ihm eine Wohnung, die aus Theos Sicht noch viel Potential hätte. Fernsehen, Telefon und Computer fehlten hier ganz. Die Roboter blieben für Theo ein Rätsel. In der Metallhalle waren elektronische und funktechnische Elemente vorhanden. Die Roboter schienen der ganze Stolz dieser Bewohner zu sein. Theo holte ein Tablet aus der Brusttasche und demonstrierte, mit dreidimensionaler Darstellung, seine Frage, ob sich noch andere Bewohner auf diesem Planeten befinden. Sie ritzten in den Weg einen Kreis und zeichneten vier weitere Orte ein. Die Entfernungen gaben sie mit 400.000 Schritten an. Der Rest ihrer Welt war ihnen fremd. Außer Insekten und Vögeln gab es in ihrem Territorium keine anderen Tiere. Sie ernährten sich von Gemüse, Getreide und Früchten, die direkt nach der Ernte von Feldern und Obstbaumplantagen erworben werden. Die Wasserversorgung erfolgte über mehrere Brunnen. Von einem See oder dergleichen war weit und breit nichts zu sehen.

Nach mehreren Video- und Fotoaufnahmen verabschiedete er sich und ging zurück zum Raumschiff. Bis die magnetische Verbindung zwischen Ring und Raumschiff hergestellt war, hatte es eine Weile gedauert. Der Start selbst ging etwas flotter. Theos Blick, nach draußen wendend, erfasste viele mit Flügeln winkende Bewohner dieses Planeten. In weiterer Höhe konnte er, vielleicht fünfhundert Kilometer entfernt vom Landepunkt, das Meer erkennen. Kaum zu glauben, dass diese Bewohner sich das vorenthielten. Der mögliche Fischfang könnte ihre Speisekarte aufwerten, dachte sich Theo. Inzwischen hatte er schon die Umlaufbahn verlassen und sich der Richtung, eines anderen Planeten zugewandt.

Nach einigen Wochen umkreiste er einen riesigen Planeten. Auch wenn das für Landeabsichten nicht vorgesehen war, wollte er mal sehen, wie die Beschaffenheit eines derart gewaltigen Planeten, mit solch einer Anziehungskraft, aussieht. Er verließ die

Umlaufbahn und näherte sich auf eine Entfernung, die ihm gute Einblicke bot. Eine Landung traute er sich nicht zu. Riesige Bäume, ein großer See und, wenn ihn die Augen nicht trogen, waren da noch furchteinflößende Lebewesen. Mit einer Spezialkamera konnte er diese Ungeheuer in guter Qualität aufnehmen. Von menschenähnlichen Wesen, Behausungen oder Orten, war hier nichts zu erkennen.

Zurück auf der Umlaufbahn, versuchte er es an anderer Stelle nochmal. Mindestens 30.000 Kilometer weiter sah die Welt nicht viel anders aus: Nur noch gefährlichere Kreaturen schienen sich hier aufzuhalten. Sie waren nicht beschreibbar. Es gab keine Vergleiche oder Ähnlichkeiten zu Lebewesen, die wir kennen. Nur so viel: Sie ähnelten uns bekannten Urtieren, nur viel größer, teils als Zweibeiner mit blutrünstigem Aussehen, oder mit zusätzlichen sechs Beinen auf dem Rücken, die sie nach Umdrehen des Körpers, auch nutzen können. Gleichzeitig scheinen diese Beine, mit scharfen Krallen versehen, auch den Rücken zu schützen. Gorillaähnliche Tiere, mit zwei Köpfen und mindestens zwanzig Metern Höhe, verboten zusätzlich jede Landung. Theo hatte genug gesehen und festgehalten.

Zurück auf die Umlaufbahn und eine kleine Ruhephase einlegen, hatte er sich vorgenommen. Die bisher verbrachte und die Zeit für den sofortigen Rückflug, unter Einbeziehung des Umrechnungsfaktors, würde Theo in das Jahr 2140 zur Erde zurück bringen. Jede Verzögerung würde ihn weiter in die Zukunft führen. Er überlegte, ob er sich im All den Herausforderungen stellen sollte oder der Erde, mit völlig neuen Menschen und Veränderungen, den Vortritt lassen sollte.

2. Kapitel: Die Zukunft der Erde

Er entschied sich für die Erde. Hier würde er sich mit vielem Neuem auseinander setzen müssen. Diese Herausforderung war auch nicht zu verachten. Außerdem hatte er ja auch etwas vorzuweisen. Wie vorgenommen, schlug er die Flugrichtung zur Erde an. Dank der neuen Technik war er binnen sechs Monaten auf der Erde, in Berlin, gelandet. Nicht aber etwa auf seinem gewohnten Flugplatz, sondern auf einer Art Raketenflugplatz: Sehr großflächig angelegt und bei laufendem Flugbetrieb. Schon vor der Landung sah er mehrere Flugobjekte vorbeifliegen.

Seine Landung wurde vom Bodenpersonal eher wie von einem Außerirdischen betrachtet. Theos Ausstieg sah man nicht mit besonderem Interesse. Einige Angestellte begrüßten ihn und fragten nach seinem Befinden. Theo verstand kein Wort und glaubte in einem falschen Land gelandet zu sein. Doch nach einigen deutschen Worten aus seinem Munde klärte ihn ein älterer Mitarbeiter auf. Der war noch der deutschen Sprache mächtig. In Europa sprach man jetzt Esperanto.

Man brachte ihn erst einmal zur Flugleitung. Dort wurde er freundlich empfangen - aber nicht so, als wäre er ein besonderer Astronaut. Erst als Theo seine ganze Geschichte, einschließlich des Vergangenheitsfluges erzählte, wurde man hellhöriger. Vor ihnen saß ein Mann, der die Zeit seit 1850 durchgemacht hatte, der aber, durch den Aufenthalt im All, sein wahres Alter nicht erfassen konnte. Man schätzte ihn als knapp Fünfzigjährigen ein. Diese lange Zeitspanne war das Einzige, was die Menschen hier interessierte. Seine Aufzeichnungen sah man sich mit mäßigem Elan an. Eine dreidimensionale Totalvision brachte für Theo die Erklärung.

Man war schon viel weiter in der Raumfahrt. Raketentypen sowohl für Erdverbindungen und als auch für die Raumfahrt bestimmten heute das Bild. Hunderte Planeten mit lebenden Wesen sind inzwischen kategorisiert. Bis jetzt waren wir Menschen führend im Weltall. Bis auf die Aliens, mit denen auch Theo Bekanntschaft gemacht hatte, waren die Menschen konkurrenzlos. Zudem hatte sie auf zwei Planeten Stützpunkte geschaffen. Dort wohnen schon Menschen mit erdähnlichen Verhältnissen. Das konnte sich Theo auch gut vorstellen, denn diese Erfahrung hatte er ja selbst gemacht. Europa war, so wurde ihm weiter erklärt, übervölkert. Die Erderwärmung hatte alle Südstaaten in den Norden getrieben. Das Ausweichen auf andere Planeten war dringend notwendig. Heute hatten wir das Problem gelöst. Die Erderwärmung war wieder auf Normalmaß gesenkt worden und viele Bewohner, in ihre alten Gebiete, zurückgekehrt. Die Umweltbelastung wurde, aufgrund des Einsatzes von ausschließlich regenerativer Energie, gegen Null begrenzt.

Mit diesen ersten einweisenden Worten brachte man Theo in ein Hotel. Da er nicht über die nötigen Papiere verfügte, half ihm die Flugleitung über die erste Hürde hinweg. Mit einem Druck mit dem Zeigefinger auf ein Gerät war er sofort als neuer Bürger identifizierbar und konnte auch damit alle anfallenden Kosten auffangen: Vorerst waren das zinslose Schulden, die nach einem Jahr, bei Nichtbegleichung, angemahnt werden würden. Am nächsten Tag sollte er sich beim Stadtparlament vorstellen und bei Rückfragen auch mit der Flugleitung Kontakt aufnehmen.

Theo begab sich zu seinem Zimmer. Ein leichter Druck mit dem Zeigefinger auf einem Bedienfeld öffnete ihm die Tür. Magnetkarten, Schlüssel, Lichtschalter, Fernbedienungen und dergleichen, alles was ihm bekannt war, gab es nicht mehr. Sein Zeigefinger löste alles. Der Finger zeigte nur in die gewünschte Richtung, zum Beispiel zur Lampe und eine leichte Bewegung nach vorne aktivierte diese. Theo konnte sich das nur mit sensiblen Fotozellen vorstellen. Selbst die Zimmertemperatur konnte er ganz auf seine Behaglichkeit einstellen. Die Schlafgelegenheit fühlte sich wie ein Wasserbett an. Obwohl ihm die Müdigkeit anzumerken war, wollte er noch mal den Kühlschrank ins Visier nehmen. Die digitale Anzeige hatte alle Innereien bildlich dargestellt. Er zeigte auf eine kleine Bierflasche, eine Luke öffnete sich und ein Miniroboter brachte die Flasche ans Bett. Theo staunte und vergaß fast das Bier zu nehmen. Der Roboter wartete so lange bis das Bier entleert war und Theo ihm die leere Flasche übergab. Der Roboter entsorgte seine Last in einem vorgesehenen Minicontainer und verschwand wieder im Kühlschrank. Die Müdigkeit ließ Theo umgehend einschlafen. Am nächsten Morgen fiel sein Blick zuerst auf den Kühlschrank. Auf dem Display stand die Frage, ob er im Restaurant oder im Zimmer sein Frühstück einnehmen möchte. Er zielte mit dem Finger auf Restaurant und machte sich dafür fertig. Schon im Bad musste er mit neuen Überraschungen rechnen. Wanne oder Dusche konnte man mit dem Finger anwählen. Je nach Wunsch öffnet sich eine Tür für eines der beiden. Im Restaurant leuchteten auf den Tischen kleine Lämpchen in verschiedenen Farben. Grün für „frei", gelb für „noch in Vorbereitung" und Rot für „besetzt". Die Speisekarte war auch mit Berührungsfeldern versehen. Mit dem Finger wurde die Bestellung aktiviert. Sowohl Kaffee, Brötchen, Ei, Marmelade und Kräuterquark wurden, in zwei Minuten und über einen Roboter in Frauengestalt, gereicht. Die Frau wünschte Guten Appetit. Theo fragte sich, wer wohl noch arbeitete. An diese sterilen, technischen Neuerungen musste er sich erst gewöhnen.

Im Stadtparlament war er bereits angemeldet. Nach Ausfüllen eines Fragebogens, der in einem Gerät eingescannt wurde, erhielt er nach Sekunden einen Ausweis. Eine automatische Kamera hatte ihn zuvor, in guter Position, erfasst. Man überreichte ihm ein Gerät, ähnlich einem Smartphone, und gab eine kleine Einweisung. Je nach Bedarf kann man es in dieser Größe oder wie ein Tablet, welches sich durch Knopfdruck auffaltet, nutzen. Dieses Gerät beinhaltet alle Dinge, die für das Leben dienlich sind. Der Mitarbeiter im Stadtparlament zeigte Theo darauf seinen Kontostand. Mit 2.999.930 Euro, für seine geleistete Arbeit im All, hatte er einen guten Start. Hotelkosten waren schon abgezogen.

Berlin hatte sich auf den ersten Blick nicht sonderlich verändert. Schlösser, Museen, Häuser und Straßen waren äußerlich sehr gut erhalten. Im Inneren hatte überall die neue Technik Einzug gehalten. Einige Moscheen sind hinzugekommen. Auf den Straßen sind Menschen aller Hautfarben zu sehen. Mittels seines Gerätes wurde er schnell auf seiner Suche nach Eigentumswohnungen fündig. Eine für ihn geschmackvolle, wenn auch gewöhnungsbedürftige Wohnung, dazu noch möbliert, fand sein Interesse. Für 160.000 Euro konnte er sie sein Eigentum nennen. Die Preise hatten sich, trotz vieler Verbesserungen, nicht merklich geändert.

Ein halbes Jahr lang sah er sich Berlin an, forschte nach Enkeln und Urenkeln beziehungsweise besuchte kulturelle Stätten. Mit seiner „Nachkommenschaft" hatte er Glück. Vom „Enkel", achtzehn Jahre alt, erfuhr er, dass seine Oma Hella und Opa Theo die Eltern seiner Eltern sind. „Ist der Opa Theo nicht wieder ins All geflogen?", fragte Theo. Der Enkel sagte: „Oma hat ihn nicht lassen wollen, doch nur ein Unfall hat ihn davon abgehalten. Ich hab immer noch nicht verstanden, wer Du bist." „Ein Cousin Deines Opas", erwiderte Theo. Der Enkel schaute ungläubig und meinte: „Opa ist doch schon lange tot!" „Ja, ich bin ja auch viel jünger und komme aus einer anderen Verwandtschaftslinie, obwohl ich auch schon sechzig bin", redete sich Theo raus. Seine wahre Identität würde keiner verstehen, also ließ er es bei dieser Version. Er verabschiedete sich vom Enkel und war irgendwie froh einen Nachkommen, ob Verwandter oder nicht, getroffen zu haben. „Wenn mein Doppelgänger einen Unfall hatte, ist das der Beweis, dass wir zwar gleich in allem sind, aber äußere Einflüsse die Lebensweise unterschiedlich beeinflussen kann", war Theos weitere Überlegung.

Um sein Leben nicht untätig weiter laufen zu lassen, meldete er sich bei der Flugleitung und fragte nach einem Job. „Ja", sagte der leitende Mitarbeiter, „Wir wären ohnehin auf sie zugekommen, das trifft sich ja prima". Danach wurde Theo im Detail eingewiesen. Im Rahmen der Ausbildung zu Astronauten, bot man ihm den Posten als Lektor für spezielle Themen der Raumfahrt an. Auch aus seiner Erfahrung heraus könne er vieles besser erklären. Theo war einverstanden und begann nach kurzer Zeit mit dem Selbststudium zur Vorbereitung dieser Aufgabe.

Zeitfracht Medien GmbH
Ferdinand-Jühlke-Straße 7
99095 Erfurt, Deutschland
produktsicherheit@kolibri360.de